包利民

——著

时光深处的重逢

北方联合出版传媒（集团）股份有限公司

万卷出版公司

ⓒ 包利民 2019

图书在版编目（CIP）数据

时光深处的重逢 / 包利民著. — 沈阳：万卷出版
公司，2019.10（2021.3重印）
ISBN 978-7-5470-5185-6

Ⅰ.①时… Ⅱ.①包… Ⅲ.①散文集 – 中国 – 当代
Ⅳ.①I267

中国版本图书馆CIP数据核字（2019）第164754号

出 品 人：王维良
出版发行：北方联合出版传媒（集团）股份有限公司
　　　　　万卷出版公司
　　　　　（地址：沈阳市和平区十一纬路25号　邮编：110003）
印 刷 者：辽宁新华印务有限公司
经 销 者：全国新华书店
幅面尺寸：145mm×210mm
字　　数：130千字
印　　张：7.5
出版时间：2019年10月第1版
印刷时间：2021年3月第2次印刷
选题策划：天逸传媒
责任编辑：胡　利
责任校对：高　辉
封面设计：徐春迎
ISBN 978-7-5470-5185-6
定　　价：36.00元
联系电话：024-23284090
传　　真：024-23284448

常年法律顾问：李　福　版权所有　侵权必究　举报电话：024-23284090
如有印装质量问题，请与印刷厂联系。联系电话：024-31255233

目录

第一辑

童年的相伴，穿透岁月的眷恋

玻璃球是童年的眸 / 002

永远闪亮的一扇窗 / 005

依然活着的关节 / 007

弹弓射飞的时光 / 009

发上一缕香 / 012

鸟笼里的遥远时光 / 014

悠车是时光里的船 / 017

童年的武器 / 019

一条细绳的如花绽放 / 022

如月圆，如桂香 / 025

还记得那些夹子吗 / 027

小学课本里的最美回味 / 030

第二辑

回首凝眸，纯纯的年少时光

时光深处的绿色邮筒 ＼ 034

粉笔旧事 ＼ 036

沉默在时光深处的手表 ＼ 038

歌声飘过的岁月 ＼ 041

旧时光里的黑板 ＼ 044

渐行渐远的铅笔盒 ＼ 046

单车斜阳 ＼ 049

写在塑料皮日记里的青春 ＼ 051

情暖老饭盒 ＼ 053

远去的书包 ＼ 055

贴在流年深处的邮票 ＼ 058

枕头是梦的摇篮 ＼ 060

最后一个传呼机 ＼ 062

最温暖的一束光 ＼ 065

第三辑

矮矮的檐下，垂挂着多少温暖的梦

年画是年年的眷恋 ╲ 068

遥远的炕桌 ╲ 070

恋恋收音机 ╲ 073

烛影摇情 ╲ 076

黑白间的无穷色彩 ╲ 079

时光深处的缸影 ╲ 082

竹皮暖壶里的春秋 ╲ 085

一盏暖暖的眷恋 ╲ 088

围炉 ╲ 091

照片里的流年 ╲ 094

钟摆摇落时光的沙 ╲ 096

缝纫机走过童年 ╲ 098

火柴时光 ╲ 101

站在炕梢的温暖 ╲ 104

生命深处的火盆 ╲ 107

炕席托起的童年美梦 ╲ 110

悬挂在棚下的温暖之灯 ╲ 113

第四辑

那些身影，凝结成生命中永远的幸福

风中的草鞋 \ 118

肩上扁担，桶中流年 \ 121

磨盘碾过的岁月 \ 123

弯镰如月 \ 126

烟袋点亮朴素的岁月 \ 129

锄不断的岁月情深 \ 131

最美的「戒指」 \ 133

磨出岁月细细长 \ 135

那些补在心上的暖 \ 138

母爱是一根针 \ 141

难忘的风匣子 \ 144

太公在此 \ 147

牛车往事 \ 149

第五辑

过往里的点滴，是一生的流连

声音的温度 \ 152

纸牌情深 \ 155

扇摇乡间风 \ 157

掸尽尘埃独自闲 \ 160

扣子是开在童年的花 \ 162

蓝瓷碗盛不下 \ 164

帽里流年 \ 167

梳齿间的细光阴 \ 170

母亲的扑满 \ 173

走不出布鞋的脚 \ 176

院中石 \ 179

伞的细节 \ 181

爱是一张张的票根 \ 184

一壶酒，半壶爱 \ 187

筐箩里的烟火人生 \ 190

第六辑

一幕一幕，站在大地上的身姿

窗外的流年 ∕ 194

岁月墙上的那些门 ∕ 197

菜窖里的故乡 ∕ 200

草房是我心里的巢 ∕ 202

场院是村庄的海 ∕ 205

井水饮处是吾乡 ∕ 208

屋檐下的梦 ∕ 211

咋不见草垛里的烟锅点太阳 ∕ 213

正在消失的村庄 ∕ 216

看银幕反面的年代 ∕ 219

土墙下的童年 ∕ 222

温暖的柴火垛 ∕ 224

燕子归来寻旧垒 ∕ 227

日长篱落无人过 ∕ 231

第一辑

童年的相伴，穿透岁月的眷恋

玻璃球是童年的眸

那几乎是贯穿我整个童年的玩具，即使多年以后，岁月如烟飘散，它们依然散落在记忆深处，如天上的繁星，闪烁着幽幽的眷恋。

玻璃球，我们称之为琉琉，是那个年代孩子口袋里常备之物。几个孩子一遇见，便都半伏在地上，于是，那些玻璃球便开始滚动，在我们欣喜的目光中，映着天光云影。那时有好多种玩儿法，现在只依稀记得两种。一种是带坑儿的，就是在地上挖一极小的坑儿，大家轮流弹，只有先把球弹进坑里一次，才可以去弹撞别人的玻璃球，弹上别人的玻璃球，就是赢了。另一种是在地上画一个方框，大家各拿出一个或几个玻璃球放进框内，然后在远处画一条线，大家依次从线上开始弹，最终目的是把框里的玻璃球撞出来，撞得多就赢得多。

一开始就是赢玻璃球的，可后来，大家都发现很舍不得自己喜爱的玻璃球进入别人的口袋，便拿另一种东西当输赢的彩头。就是那个年代的大瓶汽水或者酒瓶铁盖里的那层小小的圆形胶垫儿，我们叫"胶皮儿"。我们于是疯狂搜集胶皮儿，用线穿成串，用来输赢。

那时的玻璃球也有好多种。开始时就是普通的透明的，较大，有无色的，有绿色的，就是玻璃的天然颜色。后来就出现了许多花样，最多的就是那种较小的，里面像是各种颜色花瓣的，滚动起来十分好看。我当时收集了许多，各种颜色的都有，那些玻璃球一点儿碰痕都没有，崭新，一直收藏着。

我还收藏了一个玻璃球，并不是新的，相反它身上坑坑洼洼，一看就是身经百战。我之所以一直留着它，是因为每次用它和别人玩儿，都是大胜，把它一握在手上，就出奇地准。所以即使它伤痕累累，我也不舍得丢弃。

还有一个我最最喜欢的，那个玻璃球是乳白色的，表面上有着彩色图案，这绝对是极少见的，羡慕得别的孩子总跟在我后面，求我给他们看看。当然这样的宝贝我是肯定不拿出来和别人玩儿的，别说被别人赢去，就算磕碰坏一点儿，也是不忍。可是，我最终把它送给了一个人。那是村里极穷人家的孩子，他一个玻璃球也没有，总是眼巴巴地站在一边看我们玩儿。有时谁的玻璃球实在破损得不能玩儿了，扔了，他就捡回去，像得到宝贝一样。

不知当初是什么心情，我看着那孩子的目光，就一狠心把那个玻璃球给了他。他愣在那里，看着手里的玻璃球，然后就哭了。

成长一点点地逼近，便也一点点地远离了土地，很少再伏在地上，不顾脏，追逐着那些美丽的玻璃球。渐渐地，只能看着那些更小的孩子成长起来，满地弹玻璃球，心中便无由地失落。就这样一年一年，玻璃球渐渐地消散。再小的孩子，也不再玩它们，它们美丽的身影，随时光一起遥远。

在世事的风尘里奔走，故乡千里，想起曾经收藏的那些美丽花瓣玻璃球，它们已不知失落于何时何地，却一直在我心里璀璨。许多年以后，在网上，一个人给我发来一张图片，那是一个乳白色的玻璃球，表面上有彩色花纹，那一瞬间，我竟是激动得难以自持。没有想到，那么多年过去，我能再次看到它。而当年那个眼巴巴看着我们的孩子，也已经渐入中年，他却一直保留着那个玻璃球，一如我保留着所有清澈的记忆。

玻璃球虽已远去，可它们，依然在生命深处闪着光，映着童年岁月的美好，如幽深而多情的眼眸，温暖着我的沧桑。所以，它们从不曾离开，就在我心里，一直一直。

永远闪亮的一扇窗

　　说起小人书，许多人都有着深刻的记忆，它贯穿了好几个年代，不只是孩子们的珍爱，也是大人们喜欢的精神食粮。我相信，一提到那小小的图文并茂的薄册子，每个人的心里都会温暖起来，那不只是当初我们望向未来、望向知识的一扇窗，更是多年以后，把我们的目光和心绪引入回忆的窗口。

　　在我的童年和少年时代，小人书是主要的读物，那时家在农村，父亲每去城里，都会给我买几本小人书回来。当时那种渴盼和欢乐的心情，是那样纯净，几十年的漫长岁月里，我却再也没有了当初的那份心境。我几乎是村子里拥有小人书最多的小孩，所以，别的孩子都非常羡慕，总是来借，有的已不知借给谁，总之是越来越少。更多的时候，我们是交换着看，那些名著故事和一些战争故事，就是这样走进我们的心里的。

　　我记得，当初最喜爱的一套小人书，是《武松》，共四本，父亲买回来时，我视若珍宝。别的小人书我都可以借给别人，只有这套，我秘不示人，常常躲在家里，自己一遍又一遍地看。我觉得这套小人书我会保留一辈子，结果真正拥有它们的时间并不长，那时由于实在没有抵制住另一套《封神演义》的诱惑，而那个拥有《封神演义》的孩子非让我拿出一套好的来交换看。结果，《武松》一去不回。现在想来，那些喜爱过的小人书，就像我的成长岁月，想永远留住，却不可抵挡地消逝。

村里有一个老师，和父亲是同学，他有一项让我们非常羡慕的本领，就是会画小人书！他没事时，会把一些故事画成小人书，装订成册，我看过好多，觉得有些比卖的画得还要好。于是特别羡慕他家的几个孩子。有一次在他家里，那几个孩子正央求他画一本《大闹天宫》，不出两天，果然就画了出来。我特意和卖的《大闹天宫》小人书对比了一下，竟是各有各的好处。有一段时间，我也自己照着小人书画，想练成这本领，没坚持多久，就放弃了。

后来家搬到县城里，小人书一下多了起来，校门口的街边甚至有花两分钱看一本的，这极大地满足了我们的阅读渴望。虽然不能拥有，可是却可以看，就足够了。有一天，来了一群人，把摆在路边的一地小人书全没收了，围观的我们，心里都很不舍和难过。虽然这些年来，我的藏书极多，可是不管丢了哪一本，都不会再有那样的难过心情。

实在是记不清小人书是从哪一年走出我的生活的，是从哪一年开始渐渐地在我们的生活中消失。现在，有时候看着自己的孩子看一些印得极为精美的故事书，上面的图案都是彩色的，我却总觉得没有当年的小人书好看，虽然它们很朴素，只是黑白图案，却深深地印进心里，像极了那个年代，朴素自然，真挚深情。

前些天，去一个开废品收购站的朋友家里，在一大堆旧书中，发现了几本小人书，虽然纸页泛黄，且污损严重，可捧在手中，却像轻抚着那些永不再来的纯纯岁月。

依然活着的关节

嘎拉哈是东北的称呼，其实就是羊或猪的关节部位，在膝盖那里，正式叫法叫"拐"，羊拐或猪拐什么的，据说只有后边两条腿上有，这个我已经记不清了。就是这样的东西，却是那个年代小女孩必备的玩具。

嘎拉哈的形状有些特别，却也是分四个不规则的面，每一个面都有特定的叫法。背面略鼓起的叫"背儿"，与之相对的那个面叫"坑儿"，侧面像耳朵形状的一面叫"轮儿"，另一面叫"针儿"。嘎拉哈要配合着沙包来玩，沙包在我们东北叫口袋，立方体状，里面装着粮食。

一般是四个嘎拉哈和一只口袋配合，几个小女孩就可以尽情地玩儿了。玩法是先把口袋高高抛起，然后用抛口袋的那只手迅速抓起嘎拉哈搬动，然后再接住落下的口袋。然后以搬动的嘎拉哈最终的哪一个面朝上来计分，不同的面、不同的组合有着不同的分数，这样来分出输赢。

由于深受女孩子喜欢，所以嘎拉哈成了抢手的东西。不过那时羊嘎拉哈太少，因为村里养羊的本就不多，杀羊的就更少了，所以嘎拉哈更多的是猪的。毕竟每年过年，家里都要杀猪。开始的时候，嘎拉哈的卖相很不好，可是女孩子们此时已经不管脏和难看，悉心收拾。渐渐地，就好看多了。等玩儿的时间长了，由于经常拿经常抚摸，变得光滑无比。

而羊嘎拉哈比猪嘎拉哈更好一些，首先它比猪的更小巧美观，而且，时间长了，它会变成红色，很神奇，所以特别受女孩子喜欢。

有时候，我们男孩子也会笨手笨脚地玩上一会儿，却常被女孩子们嘲笑，然后嘎拉哈也被收走。我记得邻家一个女孩，家里比较困难，过年也不杀年猪，所以没有嘎拉哈，总是和别人在一起，玩别人的。她的梦想就是拥有一副自己的嘎拉哈，可是对于她来说却很难实现。有时，她会紧盯着自家的猪看，让我们担心她会拿刀把嘎拉哈卸下来。后来，让我们吃惊的是，她竟真拥有了一副嘎拉哈。那是她一个远房亲戚去了趟新疆，给她带回来的，羊嘎拉哈。

羊嘎拉哈在当时可是稀罕之物，那些有羊嘎拉哈的女孩，都是宝贝一样珍藏着，或者自己玩儿，很少拿出来与大家一起玩。可是邻家女孩却不是，她拿给大家玩儿，看大家玩得开心，她也很高兴的样子，根本不怕别人弄坏弄丢。现在想来，她真是很可爱的一个女孩子。

有一次，我在网上寻找嘎拉哈的图片，女儿们看到，很奇怪，不知是何物。我仔细地给她们讲，她们也是很难理解，更不明白几块儿骨头有什么好玩的。我终于明白，那些曾承载着无数小女孩欢乐的嘎拉哈，真的再也不会出现了。现在的孩子，根本不会去玩儿了。我真不知道，这是一种进步，还是一种失落。

可是，它们却依然在我心里鲜活着，跳跃着，还有那些小女孩纯真的笑脸。一切都远去了，只在心底凝结成不散的回忆与温暖。

弹弓射飞的时光

当年的玩具已失落于岁月的风尘，到如今都已是难寻难见，仿佛随着成长的岁月一同消散。我们男孩子，特别是乡下的男孩子，最喜欢的就是弹弓。

喜欢弹弓缘于打鸟，乡下鸟多，特别是在三十年前，更是鸟繁林密，于是弹弓就成了我们必备之物。我曾经前前后后拥有过好几把弹弓，起初并没有，看着别的孩子拿着弹弓四处乱射，心里羡慕得要命，又苦于自己不会做，后来便花了一角钱在另一个孩子手里买了一把。那把弹弓并没有想象中的好，玩儿了没有多久，就被拉断了。然后我决定自己动手做一个，便开始收集材料。

那种最简单的弹弓我并不想做，就是找一个树枝，留下丫杈部分为手柄，不美观且不结实。通常普通的弹弓都是用一根较粗的铁丝做手柄和分叉部分，那种铁丝我们叫"八号线"，看起来简单，可是真正要把铁丝弯成美观的形状，也并非易事。我用钳子弄了一小天，才做出比较满意的样式。最主要的部分除了手柄，再就是中间系着的弹力弓弦了，那时觉得最好的材料，就是当年最老式的点滴管，也就是打吊瓶的输液管，弹性好，结实不易断，射泥丸有力，且不怕淋湿。可是那东西很难弄到，通常都是用自行车里带。

把自行车里带剪成有一定宽度和长度的两条，当然还要准备几个旧皮鞋的舌头，剪成一定大小，用做弹仓和弓弦与手柄连接部位的缓冲，这几部分都是用极细的铁丝捆绑固定。这样一来，一把精巧的弹弓就制作成功了。如果想精益求精，还可以在手柄上缠些细电线或者细铁丝什么的，这样看着好看且握起来舒服。

拿着自己制作的弹弓感觉就是不一样，也不知道多少只麻雀在我兴奋的心情中送了命。我们常常成群结伙地进入草甸深处或者树林中，围攻一些鸟儿。弹丸多是用泥制成，自己和一小堆泥，搓成大小适中的泥丸，晒干后就成了我们的子弹，那时都叫它们"泥弹"。那时村西有一个砖厂，有一次我们发现，用新出来的湿砖坯搓泥弹，晒干后极为坚硬。于是大家纷纷去偷湿砖坯，被人家好一通骂。

其实我们也不总是打鸟，也常常互相打架。我们村子很大，孩子们自然分成东西两伙，有时在某个傍晚或夜里，就会发生弹弓激战。黑暗之中泥弹满天飞，很危险，总有孩子被打伤。如果打到眼睛上，后果不堪设想，后来大人们在各自家里强力镇压，这才将战争止住。

我们虽然打很多种鸟，却唯独不打燕子，这可能是从小家里就告诫的结果。也许燕子与我们生活在同一屋檐下，就像我们家庭的一部分，所以，它们一直平平安安地栖飞。丧生于泥弹下最多的，可能就是麻雀了，那时麻雀已被平反，从四害中脱离，可是它们太多了，所以也就成了我们的目标。

有时候，我们在一起，会瞄准某个目标看谁射得准，于是，高高电线杆上的几个大喇叭就遭了殃，在一片悦耳的叮当声中，变得坑坑洼洼。当然也有失手的时候，有时一弹弓射出，泥弹不知飞向何处，若是听见"哗啦"一声，我们便会一哄而散，那定是打碎了谁家的窗玻璃。等叫骂声响起，我们早就跑得没了影儿。

想起更遥远的一件往事。那时我也就四五岁的年龄，刚刚记事。老叔正是少年，当时我们和爷爷家住在一起。老叔有一把极好的弹弓，我们那时虽然不知道怎么玩儿，却也总想拿来试试。可是老叔像对待宝贝一样，根本不让我们碰。白天他上学走了，就把弹弓挂在墙上很高的一个钉子上，我们干瞅着够不到，很着急。有一天，二姐搬来两个凳子，终于拿到了弹弓，我们玩儿过后，二姐用剪刀把弹弓给剪了。老叔放学回来，看到被剪断的弹弓，嚎啕大哭。

常常在某些时刻，用弹弓将泥弹远远地射出，然后看着泥弹飞出我的视线，不知消逝于何处，就会有一种短暂的失落。后来有一次，我用弹弓将我心爱的一个玻璃球射出，说不清是什么心理，就是想把它射出去，虽然很舍不得。看它飞远，看它消失，看它成为回忆。多年以后，曾经的无忧岁月，也如那些泥弹，如那个玻璃球，飞去无痕，只留下怀念与眷恋。

发上一缕香

早晨从梦里醒来，已记不清梦里的一切，却恍惚间有着一种亲切与熟悉。走在街上，看见一群上学的学生，看小女生发上戴着的美丽头饰，心似乎被温柔地击中，我想起了梦中的情景。

儿时家在农村，那些女孩子的发上，也会系戴着一些东西，虽然古朴，却有着别样的情趣。那时最常见的是系头发用的彩色头绳，其实就是红绿毛线截成的小段。头绳就系在辫梢，摇晃着一片无忧的天空。红头绳绿头绳，是那时女孩子系辫梢儿的常用之物，那小小的点缀，灿烂着头顶的天空，也摇曳着四季的风采。看过歌剧《白毛女》的人都知道，里面有唱词说："人家的姑娘有花戴，你爹我钱少不能买，扯上二尺红头绳，给我喜儿扎起来……"长长的头绳儿，是女孩子发上一道灵动的风景。

后来有了系头发的皮套和最简单的发卡，女孩子们会细心地把彩线拆开，慢慢地缠到皮套和发卡上，使之有了不同的颜色。而且扎起辫子也更为方便，于是红头绳便被慢慢地取代。

过年的时候，家里会给女孩子买头绫子，绸子做的，多是红或绿，它们变成美丽的蝴蝶结，开在寒冷的天气里。女孩子们很喜欢头绫子，都会戴许久，春天的时候，它们是绽放的第一朵花，在柔柔的发上，在东风里，于是春天住进了人们的眼睛。头绫子更像是栖在发上栖在辫梢的蝴蝶，在风里摇动着翅膀的美丽。待得那些头绫子褪了色，也不舍得扔掉，都收藏起来，盼着又一个新年来到。

夏天的时候，在田野里玩儿，女孩子们会采来野花别在发上，或插在辫间，一路芬芳四溢。手巧一些的，会把采来的花儿编成花冠，头顶成了小小的花园，奔跑间，便点染了路过的每一缕风。那风儿就流淌在身畔，流过那么长的岁月，吹进我昨夜的旧梦里。

而一直在我心里萦绕着的，却是田地间的点点色彩。那色彩依然在女人们的头上，那种最古的头巾——三角形。头巾在风中舞动，伴随着秋的气息，一种直入心底的馨香。有一年冬天，一个亲戚家的女儿出嫁，嫁的是同村的，便坐着马车过去。马车上坐了一圈人，捧着各种包裹什么的，新娘子坐在中间，我们跟着马车跑。新娘子头上裹的就是一条火红的头巾，在腊月的寒冷中就像一团火。头巾也是红绿色较多，特别是在春天的田地里，妇女们干活都会系上头巾，远远望去，一片斑斓。

由于奶奶和姥姥都去世得早，在我不记事的时候，所以，总会觉得有一种无法弥补的遗憾。有时在邻家，看见邻家的孩子偎在奶奶的怀里，心里就会有一种失落感。邻家奶奶是很干净利索的一个老人，头发白了大半，却梳得整整齐齐、纤尘不染，脑后盘一个抓髻，上插一根长长的银簪。那银簪已磨得很亮，似乎是用了许多年，一端浑圆，一端尖利，仿佛白发里最闪亮的一根，常常让我看得出神。

后来，那些发上的种种便消散于时光深处。而女子们头上的饰品已经千姿百态，美则美矣，却再也不能在我心里留下印痕。也许缺少了时间的厚度，也缺少了空间的温度，如今越来越美的发饰无法在我生命里驻足，只有那过去朴素的种种，却一直在心底生香。

这个中午，窗外的阳光柔柔洒落，母亲的白发闪着细密的光。原来，母亲也已垂垂老矣。母亲的发上什么也没有，可是，这一刻，却发现，那被岁月洗白的发，才是最让我感动的芬芳。

鸟笼里的遥远时光

我那时最为自豪的，就是会自己动手做鸟笼，而且是那种用来捕鸟用的鸟笼，因为不是单纯装鸟的，所以更复杂些，通常是大人们才能制作成功，而我通过观察，竟然也能做出，很是让伙伴们羡慕。

乡下的孩子对捕鸟有着与生俱来的兴趣和热情，除了用弹弓打，用鸟夹夹，再就是用鸟笼诱捕。笼子通常是用上面的"拍"或"滚"来实现捕鸟的目的。"拍"就是一个打开的像小盖的东西，有一个横杆，鸟儿落上便立刻掉入笼中，而上面的拍也同时落下闭合；而"滚"却是像两个平面十字交叉后形成的，极像现在大商场的旋转门，只不过"滚"和"拍"一样是横着固定在鸟笼上方的平面上，鸟儿落在"滚"上，通过自身重量就会被卷入笼内，不得脱困。

比较好的鸟笼多是用竹子做成，而在乡下我却没有那么多竹子可用，只好用普通的秫秸，也就是去了穗的高粱秆，将秫秸的硬皮剥下弄成宽窄长短同样的，作为鸟笼的栅栏，而剥掉皮的秫秸则用来做鸟笼的框架。记得我做的第一个鸟笼极为简单，只是一个四方的笼子，上面有着四个"拍"，虽然既不结实也不美观，却着实为之兴奋了好久。后来渐渐地也做了一些不同形状分层的鸟笼，而且上面拍滚俱全，拍滚数量更多，却是没有了做第一个鸟笼时的激动心情。

鸟笼做好，只是第一步，要想捕鸟，还要有更多的准备。首先要有能叫的"鸟油子"，比如我们那里多是捕些黄雀和苏雀，挑极能鸣叫且叫声动听的先放入笼中，这就是"油子"。那时很是央求了许多有鸟的人家，才要来一只"油子"，是一只黄雀，将它放入笼中，一直逗它叫。第二步就是用谷穗作为引诱鸟儿的食物，将谷穗放在打开的拍上和滚上，这样，才可以提着笼子去村外的树林里捕鸟。

印象最深的一次，我提着新做好的三层鸟笼，笼里的"油子"也是百里挑一，欢欣着走进村外的树林里，将鸟笼挂在树枝上，便隐藏在不远处静静地等待。可是那只优秀的"油子"却是一声不吭，一下午都在沉默，着实把我气够呛。第二天的时候，它就像突然开了窍儿，在笼中扑腾着鸣叫，而那些谷穗也在细碎的阳光下闪着金黄的光泽。于是，在同类和美食的双重引诱下，一只黄雀终于飞来，刚落在笼上的谷穗旁，就被拍进了笼里。在远处观望的我，激动得心都快跳了出来。

还有一次，也是在林中，我眼看着一只苏雀飞来，顿时心就兴奋得颤抖，而那只鸟绕着笼子飞了好几圈，就是不落，于是心里不停地喊着"落，落"。终于，在我的祈祷中，那只鸟飞近了笼子，它的翅膀没有停止扇动，爪子刚刚碰着拍上的横梁，便倏然而起，那拍便"啪"的一声扣下来。然后那鸟儿悠然落在上面，不停地啄食谷粒儿。我目瞪口呆，第一次看见如此聪明的鸟儿。后来听人说，这样的鸟多是被捕过一次然后逃出去的，已经有了经验。

晚上的时候，我就把鸟笼挂在窗前的房檐下。有一个傍晚，正坐在炕上和伙伴们玩儿，忽听鸟笼那里有响动，心下惊喜，莫非挂在房檐下也有鸟来投？大家都扒到窗前去看，竟是一只贪食的麻雀掉进了笼里，正在狠命地左冲右撞。麻雀力大，没等我们将笼子摘下，它就已经将笼子撞得变形散架，结果，它和笼里的"油子"全都逃之夭夭。我心里极为气愤，可是秫秸做的鸟笼就是不结实，也没有办法。后来在叔叔家找来了一捆细铁丝，我才拥有了一个不怕被鸟儿撞毁的笼子。

　　虽然有时回想，很觉得对不起曾经诱捕到的那些鸟儿，可是那一段时光无疑是快乐而无忧的。有人说，童年就像一个无形的笼子，让我们在不真实的快乐中陶醉。可是，就算童年真的是一只鸟笼，我也愿永远身处其中，快乐地歌唱。

悠车是时光里的船

那是最初的悠悠岁月，晃动着无知与懵懂，飘摇着思念与眷恋。

童年的悠车子，是一种类似于摇篮的卧具，是东北独有的东西。它酷似船形，用绳子悬吊在火炕上方的房梁上，轻轻一推来回摆动，里面的孩子便会酣然而眠。悠车子多是木制，也有竹制的，有些精美的，会在中间的连接处加上铜箍，而且拴系绳子处也是金灿灿的铜环。悠车子周身会涂上不同颜色的漆，多是红色，有的绘有图案。

人们一直以来所说的"东北三大怪"——窗户纸糊在外，孩子生下吊起来，大姑娘叼着大烟袋，其中"孩子生下吊起来"，就是指悠车子。

在我遥远的记忆中，躺在悠车子中的时光已经模糊得看不分明，这也许是许多人的遗憾，当开始回望来处时，却没有了最初的记忆。而小时候的悠车子，走进我的记忆时就是很古老的样子，不知流传了多少代，也不知悠过了多少人，它身上的漆已经斑斑驳驳，就像那些苍老了的岁月，可是依然坚固耐用。家族里我这一代的孩子，都是在它的怀抱里成长，它就像一个年迈的奶奶，轻哼着无韵的歌谣，拥我们入怀，伴我们入睡。

我记得一个很久远的场景。那时候，我可能是三岁，一个夏日的黄昏，我自己在外屋里，寂寂的时光在身边围绕。耳畔是从里屋传来的"嘎吱"的响声，我知道，那是悠车子晃动时，绳子摩擦房梁发出的声响，可是依然有些恐惧。便跑到院子里，一地的斜阳涂抹。早已记不起那时悠车子里睡着的是谁，也不知道是哪一双手在不停地轻轻推动。后来和家人说起这个场景，家人说，那是姑姑家的表弟，而推悠车子的，很有可能是我的奶奶。

可惜的是躺卧在悠车子里的感觉已全然不知，及至后来，再想躺进去体会，它却已经不能承受我的体重。于是多少次幻想，置身其中，悠悠荡荡，仿佛光阴都漾着涟漪，窗外的星光月色忽近忽远忽隐忽现，能感觉到一个人的温暖气息，感受到一双手的轻轻推动。或妈妈，或奶奶，或姐姐们，而如今，那些曾推过我的人，却已星散，奶奶已去世近四十年，妈妈也垂垂老矣，姐姐们天各一方。永远回不去的团聚，只能在心底潮起，浸润着一枕枕的旧梦。

当我们都渐渐成长，悠车子并没有因此而闲置。许多人家会来借用，它在村子里一直流转着。而且，我们当地有一种说法，悠过的孩子越多的悠车子，越吉祥，用来悠孩子越好。所以，我家的悠车子，虽古老，却是最受欢迎之物。那些年中，它到底悠过多少个小孩，没有人能数得清。

后来，那种古老的土草房渐渐地少了，而屋里，房梁也都隐没在棚的上面。于是，悠车子慢慢地走出了我们的生活，静默于时光深处。我对那个悠车子最后的印象，就是在老家的仓房里，在角落处，它的身上满是尘埃蛛网。再后来，我家搬到了另一个村子，从此就再也没有见过它。

那个悠车子，就只能飘摇于我的心底，让童年灵动无比。有一年，一个亲戚来家里，聊起悠车子，她说前些日子去一个山里串门，竟看到了悠车子，很是亲切和感动。我的孩子根本不知道悠车子是什么，当她们长大，这个词语都将消失。我不知道，她们的童年有没有让她们将来回望时念念不忘的事物。我却知道，睡过悠车子的我们永远也走不出那个梦。

童年的武器

从没有那样的一个玩具，能再让当年的那些男孩儿着迷。即使现在的玩具枪制造得极为逼真，可我依然怀念曾经的火药枪，那是自己亲手做成，蕴含着无数期盼与喜悦的玩具。

当我还很小的时候，一些大孩子就拿着自制的火药枪，满村地炫耀。一勾扳机，一声清响，便射出一根火柴棍来，让我们羡慕不已。等我再大些的时候，便想着要自己做一把火药枪了。当时火药枪的制作方法有好几种，我当然要挑一种最好的了。于是准备了铁丝、皮带，还有卸下来的自行车链条，最重要的，还要有一枚步枪的弹壳和一个自行车轮上的辐条帽。

首先，就是用铁丝折成一把手枪的形状和一根枪栓，这是很重要的一步，主要影响着做出来的火药枪是否美观。然后把自行车链条全拆开，将完整小节都留下。接下来处理子弹壳，把弹壳后堵儿用铁钉砸出一个小孔儿，再用自行车轮上的辐条帽穿进一节链条，将出头的部分砸进弹壳后面的小孔儿里，使它们成为一体，这就是枪管部分。上面的工作完成后，把链条一节一节地穿进铁丝枪架的前面，最后是带着弹壳的那一节，然后用有弹性的皮带勒紧固定，再用一根皮套儿固定枪栓。于是，火药枪基本做成了。

记得第一次玩火药枪，心情极为激动兴奋，将第一节链条横着掰开，把一根火柴棍从链条直塞进枪筒里，只剩下火柴头儿。再把几根火柴头儿撸下塞进前几节链条里，用枪栓顶实，然后拉起枪栓，挂在枪柄上方，一勾扳机，枪栓脱落，直击链条里的火柴头儿，便会一声响，枪筒里的火柴棍就飞出很远。

我的第一把火药枪着实让我显摆了一阵子，后来突发奇想，能不能用来打麻雀？于是付诸行动。用火柴棍打显然是不行，我便把许多火柴头弄下来填充进枪筒，填三分之二左右，再用一颗大小合适的滚珠放进去，顶实。至于前面的底火，和平时玩的相同。生怕出现意外，戴了一只厚手套，瞄准半米外的一个玻璃瓶子，一勾，没响，拉起枪栓，再勾，也没动静。如此好几次，突然响了，滚珠飞出，将瓶子击碎。虽然还是不能远距离瞄准射击，不过心里也很自豪。后来大人们不让我们这样玩儿，怕打着人出事。

过年的时候，有些伙伴很聪明，想出了替代火柴头儿的方法。那就是用"二踢脚"下面的那层火药，因为"二踢脚"的上下两层火药不一样，下面的是顺药，是直着飞出的，上面的是横药，是横着炸开的。用顺药填进枪筒，应该效果更好。我们眼看着那个伙伴试验，他熟练地填药填弹压底火，最后瞄向他家的灯笼杆，一开枪，轰然一声，他手中的火药枪炸得七零八落，钢珠也不知飞向何处，幸好没有打到人。原来他激动之下，把"二踢脚"里的药拿错了，幸好他戴着厚厚的棉手套，才没有受伤。

火药枪是我童年时重要的玩伴，因为那是我自己做的玩具，虽然还很粗糙，虽然家里的火柴急剧减少，虽然大人们一再不让玩儿，可我依然玩得专心，玩得开心。忽然想起，看我们都有火药枪，邻家伙伴急得够呛，可是凑不齐原材料，没有自行车链条。后来在我们的一再显摆之下，他竟然将家里自行车上新的链条卸了下来，拆了个七零八落。火药枪做成后，没玩上半天，就被他父亲没收，并将他暴打了一顿。每次回想起来，都不禁莞尔。

现在的男孩子，可能再也不会动手去做一件心仪的玩具了，也很难体会那种简单的快乐。火药枪已经消失了，可那清脆的响声依然在记忆里回荡，惊得往事如鸟乱飞，撞击着生命中最温暖的留恋。

一条细绳的如花绽放

两个女儿上小学二三年级的时候，有一天中午放学回来，她们拿着一条彩色的长长细绳，问我怎么样做翻绳游戏。于是我将细绳两端系上，形成一个封闭的环状，手把手地教她们怎样撑出各种形状，教她们怎样接过来翻成另一种花样。恍惚之间，仿佛自己仍在童年，和姐姐们玩着翻绳，在透窗而入的阳光下，让一根细细的长绳在双手间尽情地绽放。

在没有手机没有电脑的年代，在电视还极为稀少的岁月，我们总能找到属于自己的游戏和乐趣，简单中充满着情趣。翻绳又叫翻花绳，也不知是从多少年前传下来的，就像把一种简单的快乐世代流传下来，在我们最清澈的年华里。而我们那时的细绳也没有现在的精美，只是普通的麻线绳，或者就是几根缝衣线搓成。伙伴们在一起，互相讨论着，玩得很是开心。

最早的时候，是姐姐们教我，当时觉得很奇妙，那么普通的一根绳子，竟能在手指间变换出不同的形状。有许多花样在翻绳时出现，从最简单的双十字、花手绢、面条，到稍复杂些的马槽子、酒盅、乱线团、鸡爪子等，不同的翻法会组成不同的花样，有时候翻着翻着就会花样循环起来。这个时候，我们便大胆地尝试不同的翻法，看到底能弄出什么新花样来，不过却经常翻得一塌糊涂，细绳在手指间缠绕成一团乱麻。记得那时还有一个关于翻绳的歌谣：花绳新，变方巾。方巾碎，变线坠。线坠乱，变切面。面条少，变鸡爪。鸡爪老想刨，变个老牛槽。老牛来吃草，它说花绳翻得好！

记得有一次，和伙伴玩翻绳，玩得吵起来，于是不欢而散。结果没人陪我玩儿了，姐姐们都和一些大孩子玩儿去了，我自己拿着那条细绳，真是伤心极了。正巧邻家大姐姐来借东西，便央着她陪我玩儿。她说要干活没时间，告诉我自己也可以玩翻绳的。我很奇怪，也很不相信，她便开始教我。看着细绳在她的手指间一会儿变成五角星，一会儿变成降落伞，一会儿又变成金鱼，就觉得很是不可思议，心里充满了期待。便用心地学，学会了好几样，等练得熟了，很有一种成就感。

然后，就到了我威风的时刻。当我走近那些小伙伴，他们不理我，可是，当我拿出绳儿，自己在手指间做出一个降落伞，他们便立刻围了过来。当我翻成一个五角星，他们看我的目光已经充满了崇拜。于是他们便求我教他们，我拿足了派头，直到他们一人给了我一颗玻璃球，我才教了两样给他们。就这样，他们的好东西被我弄来了不少，他们也把这单人玩儿的翻绳学会了。然后他们就又不理我，反而去向更多的孩子炫耀，这让我极为气愤，于是暗自决定，要学会更多的玩法，让他们还像以前那样围着我转。

我又去找邻家姐姐，她会得可真多，和她一起玩翻绳，她总能翻出一些我从没见过的花样，让我无法应对。于是她就耐心地教，还笑我说，一般都是女孩喜欢这个，没想到我学得还挺快。她还送我一根用五彩线编成的细绳，极为美丽。据说邻家姐姐会上百种翻绳的花样，好多都是她自己琢磨出来的，真是心灵手巧。我回去教给了姐姐们，她们同样很震惊。当我去找伙伴们时，本以为他们会像上次那样求我教，甚至给我东西，可是他们只是看了一会儿就说没意思，纷纷跑去弹玻璃球了。倒是那些小女孩像尾巴一样跟着我，让我很是厌烦，把她们全打发到姐姐那里去了。

　　后来渐渐长大，身上也不再带着那条细绳，有时候那些小孩子会来问我翻绳怎么玩儿，却已是淡忘了许多。后来搬进城里，上了中学，更是再也没有玩过翻绳。渐渐地，这个古老的游戏便淡出了我的世界，随着成长，再难看到。而这些年，翻绳游戏竟是卷土重来，小学校门前的商店里，都有卖那种彩色的线绳，小学生的手像我们过去的时候一样，在绳间翻舞。心里有怀念，也有欣慰。

　　常常想起那条邻家姐姐送的五彩细绳，它已被我遗失在记忆中，不知在哪个角落，落满尘埃。真的，除了童年的那一双手，没有人会记得它的美丽绽放。

如月圆，如桂香

　　有时候，在无人的夜里，看着天上的圆月，总会想起许多年前的事，那个像月亮一样圆圆的小盒子，曾经芬芳了无数的岁月。也许，只有那些从八十年代走过来的人才会记得，才会认识，那种叫秋月牌的胭粉。

　　在我的记忆中，胭粉是那时最常用到的化妆品，在家里大镜子下面的木柜上，就总会摆着好几盒，那是姐姐们的喜欢之物。我对胭粉的印象极为深刻，特别是那个圆形的盒子，盒盖上是红红的主体颜色，美丽的嫦娥怀抱玉兔，后面是广寒宫，这个圆圆的盒盖就像月亮。秋月牌，是那时最常见的。这个名字起得很贴切，也很让人遐想。那时曾照着这个图案在本子上画，或者有时候需要画圆时，就把盒盖扣在纸上，用铅笔转圈一画就行了。

　　每天的早晨，姐姐们梳洗过后，就会在大镜子前，打开胭粉盒，里面是细细的香粉，用那个小小的圆垫轻轻触一下，再均匀地抹在脸上，芳香四溢。当姐姐们的脸上都变得更白，才告别了大大的镜子，开始一天的事。胭粉盒便安静下来，在柜盖上，与自己的镜中身影沉默相对。只有室内还弥漫着的香气，证明着它们曾出现过。

　　而那些用空了的胭粉盒，有的，我们用剪刀把上面的嫦娥像剪下来，不过更多的空盒依然摆在柜盖上。打开来，里面装着各种女孩子的东西，有的里面是系头发的皮套，有的是彩色头绳，还有的装着卡头发的小卡子。偶尔我也会抢一两个过来，装些自己的小东西，比如玻璃球什么的，就算过了许久，打开盒子，依然有着浓浓的香味。一如许多年以后，当我步入中年，打开记忆，依然芬芳氤氲。

那时总去邻家，邻家的几个孩子和我们都差不多大，家里很穷，可是我们却愿意去他们家里玩。邻家有个姐姐，虽然家里条件不好，可是女孩子爱美，总会省下钱买胭粉。有一次我们这些孩子在邻家玩儿，他姐姐去上学了，我们玩儿得开心，最后竟然把柜盖上仅有的一盒胭粉打开了，当成烟幕弹玩儿，弄得满屋的粉尘夹杂着香气。过后，大家有些发慌，还是邻家姐姐的弟弟想了个办法，弄了些面粉装进去，反正里面还有香味，糊弄过去就算胜利。

后来好几天我们没敢去邻家。有一次邻家的弟弟和我们在一起玩儿，问起胭粉的事儿，他告诉我们，他姐姐一回来就发现了，虽然很难过，可是没有太生气。听到这话，我们才放下心来，继续去他家玩儿。我发现，那个胭粉盒依然在，不过却变成了另一个样子。那个空胭粉盒用一条彩线吊挂在大镜子的上端，下面也用彩线做了流苏穗子，风从窗子吹进来，它便轻轻摇动，那个抱着玉兔的嫦娥竟也动起来，就像要从上面飞下。仔细一看，原来嫦娥图案已经被按轮廓剪下，只连着极小的一部分，所以就显得灵动。而且随着清风的涌入，屋里香气弥漫。

邻家弟弟说，那是他姐姐做的。从那以后，我发现，邻家姐姐再也没有买过胭粉。可是，那个吊在镜子上的胭粉盒，却一直在记忆里轻轻摇曳，散发着淡淡的清香。

前些日子在网上的一个贴吧里，看到有人发帖求购那种很古老的秋月牌胭粉，下面有人跟帖发了照片，那一瞬间，所有的记忆都闪亮起来。那遥远的胭粉，那圆圆的盒子，在我心里一如朗月照彻，月中桂香飘洒，穿过重重的岁月，依然给我带来一片明净，一段芬芳。

还记得那些夹子吗

想起来，在遥远的乡下童年，我们曾经让多少鸟儿折断了飞翔的翅膀，让多少的美丽凋谢于天空之中。那个时候，男孩子总是对鸟雀充满了兴趣，用弹弓打，用筛子扣，用滚笼拍笼诱捕，想尽各种方法捕捉。而用夹子捉鸟，却是很有技术含量的。

首先捕鸟夹子就是个问题。我家里倒是有几盘夹子，可是都是用来捕鼠的鼠夹。我发现家里的鼠夹也是用铁丝制成的，和鸟夹相差不多，可能就是略小了些，便拿去一试，居然也是可以的。可是想想夹过无数老鼠的夹子去夹鸟，心里总是觉得不舒服，便和邻家伙伴商量，我们自己做几盘鸟夹子。

我们照着捕鼠夹子，鼓捣了好些天，别的部分还好，就是钢丝缠绕形成弹力的部分总是弄不整齐。不过并不影响效果，虽然视觉效果差些，还是很有力度的，我们在制作过程中，手指都被夹过，几乎夹断。终于，六盘夹子做好了，我们开始准备虫子。用夹子捕鸟，肯定是要有诱饵的，而虫子是最好的。我们也有办法弄到虫子，在玉米的茬子堆上，我们扒开茬子，便很容易捉到里面白胖的虫子。

把虫子装进一个小瓶子里，我们拿着夹子便来到大甸子上。把夹子拿出，挑鸟儿多的水边树下，甚至树枝上，都放好打开的夹子，虫子就绑在固定别杆儿的小钮儿处。有的夹子被我们用细绳直接系挂在枝上，夹子就垂吊在枝叶之间，更隐蔽。然后我们远远地躲在高草丛中，看着鸟儿又飞回去。我们心里兴奋极了，屏住呼吸静静等候。耳中传来"啪"的一声，这是夹子被打破了不稳定的平衡而突然关闭的状态。我们冲过去，一只鸟儿已经被夹住了大半个身子，奄奄一息。迅速地又安好夹子，继续躲藏，夹子的开合声不断。有惊喜，也有失望，那个下午，我们收获颇丰。打到的鸟儿，一般都被我们烧着吃掉了，特别是麻雀，烧了很好吃。

有时候，我们会满甸子转悠，运气好的话就会捡到别人安放的鸟夹子。那种惊喜是巨大的，比捡到鸟雀更让人兴奋。到最后，就会出现很多矛盾，大家都出去打鸟，发现别人那里有自己的夹子，可是没人会承认，有时会打得头破血流。有时候，会有一些新奇式样的夹子，让我们大开眼界。但不管怎样的夹子，原理都是一样的。

另一种常见的夹子，就是捕鼠夹。鼠夹略小，劲道更大，因为老鼠更灵活，所以夹子合上时必须速度快，这样就要求弹簧更有力。通常的鼠夹和鸟夹形状差不多，不过有一些鼠夹却是板状的，有一个木板底座，这样更稳定，合上时更有力。那时有的人家还有一种用来捕捉黄鼠狼的老虎夹，夹口都是锯齿状咬合。

上小学二年级的时候，学校为了配合"除四害"的精神，要求每个同学上交五根老鼠尾巴。我和两个姐姐，就要上交十五根老鼠尾巴，这是一个很艰巨的任务。于是把所有的鼠夹都连夜摆放在老鼠出动频繁的地带，鼠夹明显不够用，于是只好把鸟夹临时征用。这样折腾下来，一夜之间，也仅够了一个人的五根尾巴。正犯愁着，邻家的孩子叫嚷着卖老鼠尾巴，二分钱一根。原来，他连下药带下夹子，好几种方法齐上，竟弄到了近二十只老鼠。于是，我们只好从他那儿又买了十根尾巴，这才算交上差。

现在的乡下，估计还会存在着那样的夹子吧。不过故乡的大草甸早已消失，鸟儿也减少了许多，而且现在的孩子也很少玩夹子了，那些剩下的鸟儿安全了许多。不用为老鼠担心，它们生生不息，打之不尽。我只是想念当年亲手做的几盘夹子，不知在时光的河流中，它们沉没入何处，连同那么多的往事。

小学课本里的最美回味

　　女儿们的小学课本，印刷精美，彩页缤纷，精致得不敢随意翻动。忽然想起在自己的小学时代，那些课本很朴素，就是黑白印刷，而且纸张也没有现在的好，里面的插图也是黑白的，只是在课本最前面有几页彩图。有些彩图现在还印象深刻，比如《伏尔加河上的纤夫》《万里长城》《司马光砸缸》《少年闰土》《卖火柴的小女孩》等，想来依然倍觉亲切。

　　我们上小学的时候，也没有太多的课本，更没有什么教辅书课外材料等，就是一本数学一本语文，外加几个作业本练习本，书包瘪瘪的，每天悠荡在屁股后面。早自习上，我们拿着课本大声朗读。我们那时也给课本包书皮儿的，一般都用牛皮纸，有的用一些旧年画，甚至有的就用报纸。不像现在的书皮儿都是买现成的，各种图案，往书上一套就行。我们包书皮儿都是自己动手，很简单的方法。开学的时候，新书发下来，第一项就是包书皮儿，包好书皮儿后，就是请父亲写字。父亲每到这个时候都很高兴，拿着笔在我们新包的书皮儿上写下书名和我们的名字。

　　虽然包了书皮儿，可是对于书的爱护程度却不一样，过了一段时间，就会体现出来。有的同学的书很快翻卷了边儿，有的还崭新如初，有的书上画满了字迹图案，有的书却干干净净。那时我们对书上的插图很感兴趣，有人物画的时候，我们就会动笔在上面补充，或者给人物画上大胡子，或者让他们手里各持刀剑，有的同学还会在空白处给补上画，想来真是童趣无边。

有一次，一个同学不知从哪里学来一种制作动画的简单玩法，就是在书的每页右上角处，画上渐渐变化的图案，然后将书微卷，让书页飞快地翻过，那些画面就连贯地动起来，就像电影一样，很神奇。于是这个玩法风靡全班，一时之间，几乎每个男生的课本上都藏着动画。印象最深的是我同桌的男生，他用了几十页的书页，画了一部砍头的动画，翻动起来，一人手起刀落，将另一个人的脑袋搬了家。这个男生很不爱惜书，我清楚地记得，有一次，他边和我说话边把书边上的空白一点点撕下来，放在嘴里嚼，然后吐掉。很快，他的语文书就变得豁牙露齿。

后来，开始流行扇 piaji，那两个字可能是方言的缘故，不知具体怎么写。就是把纸叠成三角形或方形，放在地上，两个人轮流用自己的 piaji 扇对方的，把对方的扇得翻了个儿就算赢了，对方的 piaji 也就归了自己。于是这直接导致了课本受损的程度，起初还只是撕前面学过的部分，后来输得急了，连后面也撕。终于引起了老师的愤怒，他突击搜查，在我们身上没收了一大堆 piaji，拆开来的纸高高地摞了好几摞，基本全是课本的书页。

我曾在老家翻出过当年幸存下来的一本小学语文书，看着上面用钢笔画的线，还有在古诗旁边写的解释，还有那些经过我补充的插画，刹那间仿佛就像看着旧日的清澈时光，心底漾起无边的涟漪。其实每个人回忆起来，最初在语文课上背诵过的那些文章和古诗，不管经过多少时间，都会记得，或者依然会留下印象。而长大后背的许多诗，却已经忘得没了影儿。可见小学的课本，是我们接触得最早的窗口，给我们留下终生难忘的记忆。

所以，那些飘摇着失落的小学课本里，深藏着我们最初的眷恋，记录着我们最初的故事，永远是我们生命中洁白的扉页。

第二辑

回首凝眸，纯纯的年少时光

时光深处的绿色邮筒

　　就像记忆里守望的堡垒，承载着那么多的希望。那时的每个街口，都会有一个草绿色的邮筒，圆柱状的身躯笔直站立，经风浴雨，似乎永不褪色。常常双手持着信封，慢慢地塞进去，听得里面很轻的一声坠落，便觉得放飞了一份美好，或希望，或问候，或等待。

　　刚上大学的时候，校门口就立着一个邮筒。每天，都会有无数信件投入其中，我们把对家人的想念和对同学的问候在那里中转，然后飞向四面八方。在没有手机、没有网络甚至电话都没有普及的年代，那一纸素笺，就是我们所有情感情绪的载体。信件寄出，便有着无穷的想象空间，常常计算，信哪一天会落入那人手中，而回信又何时能够温暖我的眼睛。一来一往的日子里，生活中便多了许多期盼，那是一种甜蜜的等待。

　　在老家的县城，我住的巷子外面，短街的尽头，也有着一个邮筒，我生命中最多的信件都是从那里寄出的。那是大学毕业后的第一年，每天晚上，我都在灯下或写作，或给同学朋友写信。把要投的稿子工整地誊在稿纸上，在信封上写好地址，贴足邮票，投进邮筒，就投出了一份希望。有时候写一封很重要的信，手一松，信件落入邮筒的刹那，立刻后悔起来。分明之前已经检查多遍，却仍怀疑地址有没有写对、有没有贴上邮票。于是守在邮筒旁，直到邮递员来开筒取信时，再拣出重新看一下。

　　阳光晴好的日子，我有时会站在那个邮筒前，手抚其上，有一种粗糙的温暖质感，就像爷爷的手。会看着雀跃而来的小孩子，把洁白的信封塞进邮筒；或年迈的老人，小心而慎重地将信函轻轻投入。许多的人在邮筒前来去，小小的邮筒，竟是盛装着那许多不同的思绪。

　　就在那个邮筒旁，也曾有过黯然神伤的时刻。有一次，见一个女孩拿着封信，犹豫很久，去了又来，下不了决心是否投寄。那女孩神情悲伤，泫然欲泣，那信在手中似有千斤之重。终于，她还是把信放进了邮筒，她的泪也终于落下来。她回头看了好几次邮筒，才神不守舍地过街。而就在此时，一辆车飞驰而来。我看见，最后的刹那，女孩还看了邮筒一眼。

　　去年回到家乡的县城，当初的小巷已不在，那条短街也是今非昔比，当年邮筒的所在，已无处可寻。现在，写信的人已经极少。那么多的即时联络方式，已将那些纸短情长挤得遥远成历史。有些不得不邮寄的材料，也有各种快递，那些古老的草绿色邮筒，已经很难看见。而在邮局的门前，虽有邮筒，却已面目全非，再也没有过去的亲切感。

　　今年夏天时，去一个很偏远的小镇，忽然就在路边看见了一个草绿色的邮筒，那一瞬间，竟是有一种想流泪的冲动，仿佛时光重叠，那许多过往都一一涌来。我在小小的邮局买来信封邮票，用了好长时间写了封信，像当年一样，投进邮筒。我写信给自己，是的，我只能寄给自己。

粉笔旧事

　　正是初夏，外面的天空分外的蓝，南来的风吹得柳絮如雪飘飞，几只鸟儿站在树梢，唱着欢快的小曲。阳光透窗而入，照在我微笑的脸上。忽然，"啪"的一声，脸上一痛，忙转头，就见老师站在黑板前怒目而视。

　　那是二十多年前，我在乡下小学中的一幕。至今仍记得老师扔粉笔头的功夫，几乎是百发百中。那时的粉笔极为古老，虽极坚硬，可是写字的时候却是尘灰飞扬，打在脸上，火辣辣地疼。我们班的男生，都被老师的粉笔头打过。现在回想起来，那些粉笔已经深印心中，还有老师那被粉笔灰染白了的发。

　　再之前，刚读小学一年级的时候，我们却连真正的粉笔都没有。那时的黑板也非木制，而是刷在墙上的一块水泥板，淡灰的底色。我们上学的路上，常捡拾一些砖头，砸成小块儿，送给老师。老师就是用那些小小的砖块儿，在水泥板上写着板书，我们就在淡黄的字迹中，学会了最初的字、最初的计算。

　　后来搬进城里，已读初中，比之乡下，教学设备已是天壤之别。粉笔极为充足，下课时我们会轰然而上，抢着在黑板上写字。记得有一年开运动会，要求穿白鞋，而我们那时穿的多是黑色布鞋。于是那一日，讲台上的粉笔急剧减少，大家都拿着粉笔，努力去把自己的鞋子涂成白色。运动会检阅之前，我们互相看了看，效果极好，白刷刷一片。只是忽然下雨，一切便惨不忍睹，排着队伍走过主席台，留下一路混着白色的泥迹。后来发现别的班也大多如此，老师们也只好一笑作罢。

少年时邻家有一个八九岁小女孩，极聪慧，有时我坐在窗前学习，她便在一旁静静地看。我用粉笔在自制的小黑板上写字时，她也一副跃跃欲试的神情。于是给她粉笔，她便工整地写新学的字。有一次，她向我要粉笔，我给了她几支，她飞快地跑回家去。傍晚的时候，她来找我，送我几样东西，一看，竟是用粉笔雕成的。一条弯弯的小船，一个可爱的小孩子，还有一棵树。想不到，普通的粉笔，在她手里，可以成为如此可爱之物。特别是那棵树，许多枝丫，枝丫间也都雕空，不知费了怎样的心神。她告诉我，是用妈妈的缝衣针弄的。

有一年去一个贫困偏远的山村当代课老师，粉笔供应极为有限。于是我不得不小心地不去写错字，免得浪费粉笔。一支粉笔用到最后，几乎拿捏不住，却仍要努力在黑板上写最后一个字。便想起在城里上学时，我们在课间将粉笔掰成小段，互相抛扔打闹。哪知在此处，粉笔却是极为宝贵，一如那些山里学生充满希望的眼睛。

多年不曾摸过粉笔了，如今想起，那些粉笔像极了人的生命。每个生命都是一支粉笔，在生活中书写着自己的故事。便想起曾经的邻家小女孩，想起她用粉笔雕成的种种，觉得生活虽然会平凡平淡，但只要有一颗灵心，就可以将生活雕刻成精彩的时光。一如普通的粉笔，在小女孩手中，便绽放出那么多让人惊喜的美好。

沉默在时光深处的手表

那时读小学五年级，在乡下，我们几个村的孩子都去一个较大的村里上学，所以很热闹。那时班上有五十多个学生，来自不同的村子，大家相互了解的没有本村的同学多。有一天，另一个村的一个叫李明哲的男生，引起了我们的注意。

李明哲戴了一块手表，很大，虽然看着很旧，但是在那个年代，手表作为家里的大件，也不是谁都能拥有的。他上课时，经常撸起袖子看表，让我们很是羡慕和嫉妒。下课时，大家都拥在他身边，想看看他的手表，他却用手紧捂着袖子，死活不给我们看。这样经历了几次之后，我们都很生气，终于，在一个课间，我们把他摁倒，把表从他腕上撸下来。结果，可能是我们争抢过程中碰到了哪里，表居然停了，怎么弄也不走。我们都害怕了，便把表还给他，全都回到座位上。

虽然大家都心里忐忑，可是李明哲并没有把这事告诉老师，也没找我们赔偿。过了一段日子，他依然戴着那块手表，依然上课时偶尔看表，我们觉得，表肯定是修好了，便也都放下心来。不过看他整天看表，我们就心里生气。于是，又开始围着他看手表，这次他很痛快地给我们看，我们看了却都傻眼了，表依然是坏着的，三根针都是一动不动。我依然清楚地记得，时间固定在六点十分。由于我们心虚，加上也习以为常，以后便再也不注意李明哲的手表，虽然他还一直看着那块不走的手表。

又过了一段时间后，大家基本不再注意李明哲和他的手表了。秋天的时候，有一段时间李明哲没来上学，大家也没在意。等他再来的时候，明显沉默了许多，只是上课时还是习惯性地看表。有一次，我无意间发现，他腕上的表似乎不是原来那块了，离得远看不真切，下课时便和别人说了，于是大家又围在他那儿，而这次，他又是死活不给我们看。

结果又是在我们用强的情况下，才撸起他的袖子，却全都愣住了，在李明哲的左腕上，竟是画了一块手表，原来的手表不见了。我们全笑起来，他却哭了，哭得我们不知所以，便都悄悄离开他的身边。我依然记得，他画的那块手表，指针也是在六点十分。

再后来，李明哲就彻底被我们遗忘了。小学毕业后，我们有的去镇里读初中，有的直接回家干活，虽然各村相距不远，却也从不来往。李明哲也回家种地了，我读了初中，便再没有他的消息。直到我去县城读高中，在一个很热的夏天，与李明哲在大街上不期而遇。

当时我正匆匆从新华书店往学校走，就听见有人叫了我一声，声音里带着一种很清澈的惊喜。转头间，就看见了李明哲，虽然四五年过去，还是一眼认出了他。他蹬着一辆三轮车，车上拉满了煤气罐。他满脸汗水，依稀还是过去的样子，我们紧紧拥抱了一下。忽然，我下意识地看了一眼他裸露着的左手腕，他一下子注意到了，便笑，说："还记得手表的事？"

往事如雾弥漫，少年的时光瞬间掠过心上。李明哲的眼睛恍惚了一下，就给我讲起那一段往事，我们就坐在他的三轮车上，在路边，在七月的阳光下，当年的那块手表，还有那块画在腕上的手表，又一次走进我的心里。

李明哲告诉我，那个时候，他家在村里是最贫困的，学费都经常拖欠好久才交上。他父亲因病去世早，母亲常年卧病在床。家里的田地，都是亲戚给种着，到时分些粮食给他们。上学那会儿，他每天都要照顾母亲，做饭，煎药，中午时也要赶回去给母亲做饭。那块手表，是父亲留下来的，母亲很看重那块表，也许其中有什么故事，不过他却不知道，母亲也不说。母亲经常摆弄那块表，就一直放在枕边。

有一段时间，母亲就不摆弄那块表了，而是让他戴着，不戴都不行。讲到这里，李明哲对我说："那块表本来就是坏的，不是你们当初弄坏的，我怕你们总找我麻烦，所以没说！"我说："我记得那时候你总看手表，那表上总是六点十分！"他听了我的话有些惊讶，没想到我还记得这个。

六点十分，是他心里一直记着的一个时刻，因为那个时间，是母亲每天早晚吃药的时候。因为那时候还小，贪睡，有时就错过了时间，所以便把表拨到那个时间，每天经常看，要记进心里。这样，时刻想着不要耽误了给母亲熬药，特别是早晨，后来就再也没误过事。

我忽然想起，便问："那后来那块表呢？你怎么在腕上画了块表？"

李明哲眼神黯淡了一下，说："记得我有一段时间没上学吗？那是我妈去世了，下葬时，我把那块表放在她的身边了！后来，我很想我妈，我就在手腕上画了一块表，还是六点十分……"

阳光洒落，长风流淌，那一刻，我的心里忽然就濡湿成暖暖的海。那一块从不转动的手表，那一个永远固定的时刻，曾经怎样牵动过一个孩子的心啊！我想，就算时间再倏忽而逝，再过去多少年，那块手表也将永远定格在他的心里，那个时刻，永远牵绊着一个孩子一生的爱与挂念。

歌声飘过的岁月

　　哪个人的青春岁月没有歌声陪伴？总会有一首很老的歌儿一直回荡在心底，把我们唤回曾经的纯纯时光。而且，我总会想起歌声背后的那些东西，比如那个年代的录音机，比如磁带。

　　第一次接触录音机，还是在同村一个人家举办的婚礼上，很大的样子，两大两小四个音箱，一个磁带卡座，就摆放在房子外面的窗台上，正震耳欲聋地播放着当时的流行歌曲。当时我们一群小孩子都围在那儿，仔细地看着磁带的两个齿孔在里面不停地旋转。记得那个时候正流行迪斯科，民间俗称摇摆舞，经常在谁家的院子里，录音机里放着什么《成吉思汗》《阿里巴巴》等舞曲，一些人疯狂地扭动身躯。

　　每到寒假时，我和亲戚家的一些孩子就会涌进三舅家，三舅家的大表哥这个时候会回来过年。他是村里的第一个大学生，每次回来，都会给我们带些小礼物。更主要的，他有一台录音机，是他学习英语用的。我们去时，大表哥就会给我们轮流录一段声音，然后播放给我们听，我们对自己的声音百听不厌。他还会给我放一些好听的歌曲，什么《军港之夜》《十五的月亮》等，我们常常流连忘返。

　　十四岁的时候，全家搬进县城。在城里，我感受到了另一种气氛。走在大街上，商店里都放着歌曲，这个时候知道了邓丽君。有时候，会有小伙子单手骑着自行车飞快而来，另一只手扶着肩上扛着的大录音机，正响着激荡人心的歌声，还没听清几句，自行车又呼啸远去。那绝对是那个年代最牛的一个形象，比之现在的高档摩托车加精美音乐疾驰而过，简直不可同日而语。

那时正读初中，正流行小虎队、齐秦、王杰、谭咏麟等人的歌，我们班有一个录音机，有的同学会带磁带来，课间时我们就聚在一起静静地听。那个时候，我才仔细地把玩和观察过磁带，觉得很是神奇，分 A、B 两面，每面有五首歌。同时很羡慕家里有录音机的同学，可以随时听歌学歌，每次开联欢会，听别人唱那么好听的歌，对录音机的渴望便达到了顶点。

那时单卡的录音机已经不是最值得骄傲的了，双卡录音机也开始走进千家万户。双卡录音机有一个好处，能同时放进两盘磁带，也就是说可以录制另一盘磁带的内容。这样就节省了不少买磁带的钱，谁买了新带可以借来翻录。没过多久，小型的随身听便成了年轻人最喜爱之物。有的小录音机没有录音功能，只能播放，只比磁带略大一些，可以别在腰带上，插上耳机，这样的形象走在大街上，总会引来别人羡慕的目光。那时的随身听，有个好听的英文名字，叫 walkman。

而我拥有的第一台录音机，就是一个很小的随身听，不过它的特别之处在于，有两个可以分体独立的小音箱，也能录音，既可以当随身听，又能摆在家里安上音箱，于是极为喜欢。有了录音机，磁带就成了大问题。由于钱少，极少去买盒带，便去大姐家里找了好些旧磁带，自己录收音机里播放的歌曲。那时对磁带极为珍惜，有时磁带因播放次数过多，或者因为机器绞带，便会把磁带卸开，和别的也坏了的磁带互相取好的部分重新组装。

更多的时候，我们会人工倒磁带，就是把播放到中间的磁带倒回到开头部分。我想，大多数人都用过那样的方法，将一支铅笔插进磁带孔里，然后不停地转动。满大街都是卖磁带甚至有租磁带的，多是盗版，磁带皮儿上的歌词也是错字连篇，不过我们也常会狠下心买来。郑智化的歌流行的那两年，我已经痴迷到了一定程度，当时刚刚上高中，每天响在耳畔的，都是《水手》《麻花辫子》《用我一辈子去忘记》《让风吹》等。我买郑智化歌曲的磁带最多，他的几个专辑及精选我几乎全有。

我们班上有个男生，家在下面的乡镇，住校，他更是热衷于各种流行歌曲磁带，宁可不吃饭也要省下钱买磁带。据和他同宿舍的同学说，磁带买回后，他顶多听两遍，便小心翼翼地放进一个大箱子里。而那箱子里，已经摆了多半层的磁带，我们谁去借，他都不肯。虽然他听的歌多，磁带多，可是却从没听他自己唱过歌，真不知当时他是一种什么心理。

岁月暗换，录音机和磁带早已成为用来怀旧的物品，可是在我心里，它们一直都不是沉默的，依然穿透幽幽的时空，播放着曾经喜爱过的老歌。是的，我想，我真的会用我一辈子去忘记了。

旧时光里的黑板

　　那些黑板正在消逝，不再被人记起，可是它们却承载了我太多儿时的光阴，在悠悠的粉笔香中，也有太多的老师在它们面前白了头发。

　　刚刚上小学时，教室里的黑板是粉刷在墙上的一块水泥板。那时在农村这算是较好的黑板了，我曾经在别的教室里，看到过更简陋的黑板。在水泥板上书写粉笔字，虽然也挺顺畅流利，但时间久了，怎么擦也不干净，再加上底色原本就淡，所以最后很难辨清上面的字迹。不过我们班的黑板很耐用，只是在半年之后，伴随着那堵墙的倒塌，完成了它的使命。

　　之后换上了一块木头黑板，这是那时农村学校最常见的黑板。就是很简单的木板，放在架子上，刷上黑墨，晾干后就可使用。老师常常站在黑板前奋笔疾书，那粉笔灰就随着他的手簌簌地往下飘落。这种木头黑板极易挂粉笔灰，所以每次擦的时候都如雪雾飞舞，把老师的头发染白。可能是时间久，粉笔灰渗进木板里，便用水擦，却常常使黑板掉了色，如长了疥疮一般，惨不忍睹。此时便要用黑墨再次刷，于是教室里常常会飘荡着浓浓的墨香。

　　记得有一年，我们小孩子流行做一种飞镖，于是下课时便在黑板上画个靶，大家轮流抛飞镖去扎，后来黑板上就有了密密麻麻的小孔。生怕老师发现，每次玩儿过之后，都要用粉笔在黑板上写满字，使粉笔灰填满那些小孔。后来那黑板也不知怎么的，就出现了两个很大的洞，却依然坚持使用，老师写字时，都要躲过那两个洞。有时，某个同学会躲在黑板后，老师进来，转身欲写字时，忽见黑板上出现一张人脸，立时吓得粉笔掉落在地。

有一次去了另一个村子的亲戚家，那村是我们这里最穷困的。我去学校玩儿，在教室窗外看里面上课，竟发现他们的黑板更为艰苦。不知从哪里捡来一块奇形怪状的水泥板，用土坯垫着倚在墙上。更为惊奇的是，这里居然连粉笔都没有，老师的讲台上，摆放着一些细碎的红砖块儿。讲台是用泥巴垒起的，同样，所有的课桌也是用土坯建造而成。板书的时候，老师就捏起一块儿砖块儿，在水泥板上写，于是一黑板的淡黄字迹。我站在外面已经看呆了，才发觉，原来我们的学校条件还算是好的，我们也是幸福的。

后来又去了一次那个村，发现黑板已经有了进步。用泥在墙上抹了一层，弄得很平整，刷上锅底灰调制的黑漆，总算是用上了粉笔。教室里的学生们也是一脸满足的神情，看惯了灰底黄字的红砖板书，眼前的黑白分明让他们很有幸福感。

小学最后一年的时候，我们学校换了一批黑板，也是木制的，不过却是精良多了，木质极好，板面极平滑，且不是自己刷上黑墨的那种。我们纷纷上前，在上面写字体会感觉。而原来的那种自制的木黑板，都运到我去过的那个村，心里也挺高兴，那里的学生，又该幸福一回了吧？

近三十年过去，当年的那些黑板，早已消逝在岁月的长河里。可是在我们这一代人的心里，它们却永远都在，很神圣地竖立在生命里，还有那些曾在那样的黑板前走过一生的人。

渐行渐远的铅笔盒

　　我最早的文具盒就是铁皮的，很窄的那种。不过那并不是最古老的，我记得，当时班上有个女生，用了一个自制的木头文具盒。我们那时将文具盒叫成铅笔盒，而那个木头铅笔盒很让我们羡慕，它做工很精细，木头磨得光滑无比，盖是抽拉式的，一个薄木片对准卡槽，就能推进去。后来有一次我们争抢着看，不小心掉在地上摔折了，那个女生哭了许久。

　　我们这些孩子上学后拥有的第一个铅笔盒，基本都是那种铁皮的，而且不是新的。因为，我们都是用哥哥姐姐们用过的，一年一年传下来。我的那个铁皮铅笔盒，传到我手里时，已经很旧了，上面的彩漆也脱落了许多，斑斑驳驳，露出里面的黑色，盒身上也都是磕碰留下的小坑坑。盒盖上是《大闹天宫》的图案，美猴王手持金箍棒站在云彩上，威风凛凛。我们那时会互相看一下铅笔盒上的图案，多是什么"八仙过海""骑鹅旅行""红楼梦"一类，还有些山水，很朴素也很美丽。

　　低年级的时候，铅笔盒里只装着一支铅笔、一把木头格尺、一块橡皮，还有一个折叠铅笔刀，基本再无他物。上学或放学的时候，铅笔盒放在书包里，大家奔跑追逐，便听见尺啊笔啊在铅笔盒里跳动，发出一路响声，就像我们的心情一样雀跃。

　　后来上了高年级，铅笔盒里的住户就多起来，却也无非是一支钢笔，还有木制三角板什么的。有时候奔跑到学校，打开铅笔盒，里面的钢笔已被我们跑出了许多墨水。

我的那个铅笔盒过了一年后，已经变形严重，盖也掉了下来，终于寿终正寝。于是我拥有了一个新的铁皮铅笔盒，比原来的宽了许多，盒盖上是一艘宇宙飞船，还有几个星球，盒盖的里面印着乘法口诀，盒里是金黄色，很让我喜欢。女生们的铅笔盒，就呵护得很上心，拿纸叠了个小垫儿铺在盒里，盒面也擦得干净。所以，一般男生用过的铅笔盒很难传到弟弟妹妹那里。

第二个铅笔盒伴随我到小学毕业，甚至到初中，每一天的开合之间，那么多的光阴也流走了。后来家搬进县城里，我转到了新的中学，依然使用着那个铅笔盒，虽然那时它已经旧得不像样子。班里除了我，全是城里学生，那个时候，他们的铅笔盒已经是塑料的，带有磁铁吸合，看起来很精美华贵。

很奇怪那时候竟没有一点儿自卑的感觉，可能久在乡下，还不知自卑为何物吧。我的铅笔盒就摆在课桌上，显得那么格格不入，却从没有把它抛弃。

而那个铅笔盒什么时候不用的，已经记不清了。那以后，各种文具盒在我手中来来去去，却都没有留下深刻的印象，只有那两个铁皮的，却一直在心里。就像那小小的铁皮盒里，盛装着我所有的清澈时光，还有最初的书香岁月，藏着一生的回忆与美好。

那年回老家的老房子，翻箱倒柜的，就掉出一个铁皮铅笔盒，上面的漆已全部剥落，而且锈迹斑斑，像风雨中苍老的容颜，再也看不出当年的图案。

我捧在手里，仔细地看，也没辨认出是我和姐姐们谁用过的。费尽力气才打开，里面的情况好些，那个乘法口诀还依稀可辨。忽然，在盒底，看到用铅笔刀划上的字，依然能认出写的是"换酒"两个字，这肯定是哪个姐姐用过的。有什么故事也记不得了，不过，这个穿越时空留存下来的铅笔盒，真实的触摸间，却让我感到了时光的温度。

铁皮铅笔盒，一直是心里的眷恋，也不知是哪一次不经意地打开，就溜走了所有的无忧时光。只能在心底一遍遍地想起，一遍遍地回味，一遍遍地幸福。

单车斜阳

　　有时候，特别想念以前的自行车，也想念那些随车轮旋转消逝的时光，当年骑着自行车一路呼啸而过，岁月也在身畔无声无息地急急流淌。仿佛只是刹那间，那个少年，那辆自行车，都走进了生命深处。

　　那时的自行车都很高大，样式也单一朴素，不像现在的自行车极尽小巧轻便，或折叠，或无梁。最常见当数 28 规格自行车，也就是车轮直径为 28 英寸，对于我们小孩子来说，也算是庞然大物。不过，这并没能阻挡我们学自行车的决心。学骑自行车也是很艰难的事，而且，当年农村也并不是家家都有自行车。结婚的四大件里，其中就有自行车，可见其贵重性，特别是当时最有名的"永久"牌和"飞鸽"牌。

　　我家也没有，不过，那时老叔家的一辆旧自行车一直放在我家里，便成了我和姐姐们争抢的宝贝。学自行车，特别是当年的老自行车，要经历三个步骤，第一便是打站儿。所谓打站儿，就是左脚踩在脚踏上，右脚蹬地向前滑行，练习平衡能力。当能又快又稳地打站儿时，便可以进入掏裆的阶段。由于个子矮，只好先行将右腿从自行车大梁下穿过去，右脚踩在另一只脚踏上，侧着身子悬空骑。虽然很累，却很兴奋，乐此不疲。然后便是上大梁了，那也是很勉强的事，如果坐在车座上，脚就够不到脚踏，所以只好虚骑在大梁上，用力蹬，却也骑得飞快。

我学自行车那会儿，好不容易学会了上大梁，便高兴地在村里来回地骑，后来就发现了一个问题，不知怎么停下来。如果像大人那样将右腿向后高抬，横跨回来落地，那是不可能的事。最后由于极累，只好找了个土堆，一狠心倒了过去。后来，发现许多人曾有过这样的经历，这也是难忘的学车趣事之一。

而在我生命中，最难忘的，则是搬进城里时，骑自行车上学放学的日子。当时已是中学，每天一早，住得近的同学互相等候着，然后骑着自行车成群结队呼啸而去，夕阳西下时再欢呼而归。每天每天，那条路上，洒下了我们太多的欢声笑语。或者在周末，大家相约骑车去呼兰河畔游玩，一河流水倒映着最美的年华。

读高中的时候，大家虽也骑车上学，却不再成群结伙了，往往是和要好的一起。那时，班上有个女生，离我家近，她没有自行车，每天上学放学，我都骑车带她。在那个年代，青春的情感是那样的纯净，我们只是最好的朋友。有时，我们也会在夏日的晚自习时间，趁太阳没落山，偷偷溜出来，骑车去河边。车轮碾着一地的斜阳，她坐在自行车后座上，轻哼着一首老歌。在河边，我们坐在台阶上，看着夕阳涂抹一河流水，自行车就停在身后，拖着长长的影子。

许多年以后，依然记得那个场景，单车依然停在心底最温暖处，一如斜阳之美。也许，这一切，除了我，还有那个不知失落于何年何地的自行车记得，自行车无言，却见证了太多的美好。

我一共拥有过三辆自行车，丢失过一辆，另两辆也不知什么时候渐渐弃之不用，渐渐地忘了所在，渐渐地消于无形，再渐渐地重回梦里。是的，那些自行车，记得我所有的成长，记得我成长岁月中的所有的悲欢。

我会一直想念它们。

写在塑料皮日记里的青春

前一阵子回老家，在床下的一个纸箱里，发现好多的日记本，都是我曾经使用过的，是那种很古老的塑料皮日记本。可在当时，却是很精美的本子，几乎每个人都会有几本，记下自己喜欢的一些东西。

我清楚地记得当初买这样的日记本回来时的感受，它就像一个沉默的挚友，知道我所有的心事。日记本基本都是塑料皮儿的，封面上印着各种图案，有风景有人物，里面每隔多少页便会有一张彩色插图，也是人物山水，都很朴素的画面，却都有动人之处。如今看来，虽然远没有现在的各种日记本精美，可它们却有着一种直入心灵的魅力。

翻看着当年的那些日记本，心却飞向那一片遥远的时空。除了日复一日年复一年的日记，还有许多读书笔记、诗词笔记什么的。凝视那些文字，真有些怀疑是不是自己亲手写下的。原来，自己也曾有过那样澄澈的时光与心事，也曾有过那样稚嫩的坚持与梦想，也曾有过不为人知的努力与挣扎，那许多逝去的美好心境，就像这些塑料皮日记本一样，在岁月里悄然蒙尘。

那时候上中学，几乎每个同学的书包里都会有一个日记本，那是严禁给别人看的，那里有着我们自己的秘密，即使在家里，日记本也是深藏。我记得有一次，我们发现班上一个女生总是在上课时拿出她的日记本，偷偷地看偷偷地笑，这让我们很好奇。终于在一个中午，我们偷看了她的日记，写的都是她似乎暗恋着某个男生，种种心绪融于其中。我依然记得那个日记本，也是塑料皮儿，很小，还没有手掌大，封面上是林黛玉。看到中途，被那女生发现。女生没有吵闹，只是拿回日记本，默默地流泪。

当青春的隐秘暴露于别人眼中，那是一种很长久的伤痛。那以后我们有了经验，在写一些极怕别人看到的事或心情时，都有自己的写法。比如创造出一种只有自己可以看得懂的符号，或者代码什么的，就像过去的那些情报。我在一个日记本中，发现了大段大段的特殊字迹，可是时隔这么多年，我竟然不记得当初写下的是什么。想来，也必是那时的心中，难以明言的种种。

我仔细看着当年记下的日记，许多在岁月中被遗忘的情节和细节，此刻却是那么清晰如昨。仿佛所有的年少时光，都被压缩进这些日记本中，慢慢在岁月里泛黄。可是多年后的重温，仿佛烟尘散尽，所有的感动依然如故。沉甸甸的日记本，就像我度过的沉甸甸的岁月。

再看那些读书笔记，字迹分明，工工整整，或体悟，或摘抄，还有些看书时的疑问，刹那间，仿佛那些读过的书都在心里一一重现。多年以后，却再也没有了当年读书的仔细与心境，就像是心永远也静不下来。还有一个大些的日记本，里面竟是摹的《红楼梦》中的插画，另一本中，却是《红楼梦》中所有的诗词楹联。一时悠然神飞，感慨万千。

轻轻抚去塑料皮上的尘埃，一如抚去心上的荒芜。那个晚上，在灯下，我坐在一堆日记本旁，任思绪飞扬。这些塑料皮日记本，记载着我全部的青春，还有青春岁月中曾经直入心灵的种种。

我知道，有许多人会保存当年的日记本，很多人都曾拥有过这样的日记本，就像珍藏着自己的年轻岁月、美好时光。那些古老的日记本，永远如蝶如鸽，翩然飞舞于明净的天地间，承载着我们从不曾染尘的心灵。

情暖老饭盒

那种很大的铁饭盒，是当时最常见的带饭容器了，就是很简单的一个盒子，没有分层，没有隔断，饭菜混装在一起。而带饭，一般是去较远的地方干活时，或者学生去邻村的学校上学时。

家里有一个老饭盒，很旧，已经失去了光泽，上面也于磕碰间变得不那么平整，许多人都曾使用过它，到我这里时，已不知过去了多少光阴。第一次带饭，是去邻村上初中，那也是平生第一次带饭，母亲装了满满的饭，还有炒鸡蛋。饭盒就放在学校专门热饭的屋里，中午时，我们都集中在那个屋里吃饭。这时才觉得，那个饭盒好能装啊，我费了好大的劲，才将饭菜吃尽，已是饱得不能再饱。

后来有一次，松花江重修大坝，各个村都出劳力，我也加入其中。出发时除了劳动工具，也带着饭盒，在工地上用来打饭吃饭。那是极为热闹的场景，正是秋天，江边人头攒动。有一个傍晚，开饭前，远远的有人喊送酒的来了，于是大家都动心，派出人去装酒。我们几个提了个桶跑到那边，就像抢酒一样，弄了半桶酒回来，虽然我那时还没喝过酒，可是积极性却很高。

干完了活，便开始吃饭喝酒，几个伙伴去甸子里捉了许多青蛙，用火烧着，还去江里捕了鱼，就在简易的锅上用江水炖着。没有装酒的东西，大家便都用饭盒盖装，我也被强迫着弄了一盒盖酒，见到酒浅浅的，以为并不多，觉得喝了也不会怎样。事实证明，那一盒盖竟能装那么多，我只喝了两盒盖，便躺在大坝上睡着了。

那个铁饭盒，见证了我第一次喝酒，也见证了我第一次喝醉。

邻家那时很贫穷，虽然那时的日子都很一般，可是他家里更难过些。不过他家里人很有自尊心，或许是自卑，左邻右舍有时候做什么好吃的，想给他家里送些，他们都会拒绝。虽然那时谁家做什么好菜，都会给亲友家里送，可是他们从不接受别人的东西。只有一次，他家的孩子由于要去甸子上干几天活，便来借饭盒，这是很难得的事，我家便痛快地借给了他们。

后来，邻家的孩子来还饭盒，悄悄地放在外屋的锅台上便离开了。等我们打开饭盒，竟发现里面装着满满的鱼，已经炖熟了的。那一刻，有一种说不出的感受，似乎是感动，似乎是温暖，都盛满了那个大大饭盒。再后来，家里做了什么好吃的，我去送，邻家也愉快地接受，而他家也会偶尔给我们送些东西。这样的改变，都是源于那个饭盒。

虽然许多年过去，我还依然清晰地记得，手抚在饭盒上的细微触感，就像抚着岁月的流逝，却在心上烙下了眷恋的印痕。家里的那个老饭盒一直留存着，从农村到城里，虽然用到的时候已经极少，它却一直在。后来我离家上学，然后工作，故乡已在遥远处，却已不知它还在不在。有一年回老家过年，翻找一些旧日的东西，竟看到了它，拿起，沉甸甸的，一如所有逝去的岁月。打开，里面装了满满的硬币，都是一分二分五分的，忽然想起，那都是我们那些年攒下来的，虽然现在已经不再流通，却被家人一直保存着。

轻抚着沧桑的老饭盒，仿佛所有的昨日都在手下温暖起来。这个大大的饭盒，曾盛装过万般滋味，也盛装着我太多的往事。其实，它只盛装着温暖，一如我的心，在日月流年中，只记得那些好。

远去的书包

在乡下的我们，玩儿到了一定的年龄，便总会盼望着上学。特别是看到哥哥姐姐们每天去学校，而且在教室外听着他们大声地读书，便羡慕得不得了。男孩儿的书包，全是那种帆布制成的黄色或绿色的类似军用的单肩挎包，年代更早些，上面还有些"为人民服务"的字或者是红色五角星。而女孩子的书包一般都是家里给缝制的，用花布，大约是梯形，四周带有花边儿，偶尔也有用毛线织成的，很漂亮。

我上学的时候，家里给买了个新书包，草绿色。书包里的书本并不多，我们把书包的背带都放得很长。于是书包就在屁股后面晃荡着，铅笔盒里的东西便哗啦啦地一路歌唱。虽然书包里的东西起初并不多，可是渐渐地就被我们填得很满。里面的零碎的确不少，碎纸片，玻璃球，小人书，有时还会藏有弹弓火药枪。几乎所有男生的书包都是一个百宝囊，往出一倒，东西会堆半炕。

而女生的书包则要整洁得多，通常我们男生上到三年级，书包就已经不成样子，而她们的还是那么新。她们书包里也没有太多多余的东西，书本摆放得很整齐。哪像我们男生，一放学，便抢起书包互相攻击，全然不顾里面的笔呀本呀。于是经常出现的情况就是，铅笔断铅，钢笔帽儿脱落，墨水沾染了书本和书包。我们却毫不在意，乐此不疲。

我记得上二年级的时候，为了配合"除四害"，要求我们每个同学上交五根老鼠尾巴。我们都挖空心思地弄齐了，可是班上一个男生却一根也没带。问他，他很神秘地笑，却不回答。他同桌的女生很聪明，说一定藏在他书包里，于是就翻他的书包。结果她把手刚伸进书包就一声尖叫，我们把他书包打开，里面竟然装着一只硕大无比的老鼠！他得意地说："这么大的耗子，怎么也顶上五根尾巴了！"

　　于是他的书包成了我们最讨厌的书包，谁也不愿意去触碰。特别是他同桌的女生，每天都讨厌得不行。那个男生的书包是土黄色的，刚上学时就不是新的，而是从他哥哥那里接手过来的。老鼠事件之后，有一次我们实在是不想再看他的书包，便商量了一下，放学打闹时，大家故意撕扯他的书包，终于给撕出了一条很长的裂缝。他很懊恼，我们却很高兴，这回看他换不换书包？

　　可是没想到，他依然没换，他妈妈竟然连夜给缝补好了。而且弄得极为巧妙，裂缝处缝合后，按着那条缝儿绣了一根花枝，上面还开了几朵花儿，一点儿也看不出曾经撕裂过。我们虽然心里羡慕，嘴上却依然说着难看。一个装过死老鼠的书包，再好看也是让人厌烦的。而且一个男生，背一个绣着花儿的书包，真丢人！那个男生很黯然，不过依然背着那个书包上学放学，只是在路上，再也不和我们打闹了。

　　那个男生家里极为贫困，母亲常年卧病在床。他很孝顺也很懂事，每天都做饭、给母亲熬药。他的家里，也实在没钱给他买新书包，就连上学，都是学校减免了费用。他的母亲在他小学五年级时去世了，那以后他更沉默了，每天背着那个书包来去。多年以后，我们回想起来，很是为当年的行为惭愧。那个书包，对于他来说，有着更为特别的意义。

　　前些年，我们小学同学聚会，他也参加了。步入中年的我们，回想小时候的事，有着说不完的话。他也不再沉默，而是微笑着听，微笑着讲。

后来，有个男生对他说："我一直记得你当初的那个书包，那是当时咱们班上最好看的书包了！"

我们纷纷点头，那一刹那，他的眼中有泪光闪动。

贴在流年深处的邮票

　　少年时岁月如烟云远逝，那时常看父亲坐在桌前写信，写好后，封进自己糊的信封里，信封上已字迹宛然。我的任务就是拿着信，去买邮票贴上，然后送到大队，等邮递员来取。

　　乡下的小卖店里，卖那个年代最常见的长城邮票，蓝色的画面，八分钱的面值。有时心里觉得很是神奇，一张小小的邮票，就能把一纸话语送到千万里外。家里也时常收到外地亲属的信件，当大喇叭一喊有谁家的信，我都会听得很认真，一听到有我家的信就快速跑进大队的院里。那些信封上，邮票的内容就丰富了起来，不再是单一的长城。有最简单的十二生肖，还有一些名人的头像，于是小心地剪下，夹在古老的塑料皮日记本里。

　　今年冬天的时候，闲着无事，翻箱倒柜地找以前的东西，竟在少年时一本日记里，发现了许多邮票。看着那些方寸间的种种，在泛黄的日记里静默了二十多年，上面的邮戳依然，便心里暖暖，重叠着许多遥不可及的过往。窗外的北风吹送着大雪，心却生了温暖的翅膀，飞向那一段朴素的岁月。

　　那时村里有一个大姐姐，她在我们小孩子眼里是很厉害的人，她文章写得好，是村里唯一投稿的人。她常写些故事或童话寄给杂志社，有时会发表，寄来样刊，我们都去抢着看。我常和她一起去大队寄信，第一次时，奇怪地问，信封上怎么不贴邮票？她说，你没看见信封上写着"投稿"两个字吗？投稿的信，是不用贴邮票的。于是，那封信就成了我心底的神奇。

多年后，当我也用信投稿，却过了不贴邮票的年月。邮票也从很早的八分涨到了八角，每次寄信时，都会想起曾经的大姐姐，忽然明白，她投稿的信上虽然没有贴邮票，却是将自己的希望贴在了上面。

初中时搬进了城里，发现城里的学生大多集邮。这是我从不知道的，一时之间心思大动，便也买了个集邮册，把之前收集的一些邮票，能找得到的都放了进去。而同学们却是都有集邮证，邮局发行了新邮票，他们会拿着证去购回。那是需要不少钱的，我根本做不到。所以，那个集邮册只成了我自己的秘密，不敢给任何人看。

几年前回老家的时候，想找到当年的集邮册，却没能寻到，它不知失落于何时何地。

高中时，第一篇文章发表在一个学生类刊物上，发表的喜悦还未淡去，更大的喜悦接踵而来。那一段时间，竟收到来自全国的读者信件几百封。不说那些信件的内容，单是那些形形色色的邮票，就让我欣喜好长时间。在繁忙的高中学习中，那些邮票就这样带着太多的温暖和问候，走进我的眼中心底。于是那一段时光，也因此有了美丽的涟漪。

只是不知道，曾经火热的信件消失于何时，仿佛只是刹那间，带着邮票的信便如白鸽远逝。现在的小孩，很多已然不知道邮票为何物。可是在许多个时刻，我总会想起那些曾飘摇于生命深处的方寸天地，于是所有的思念便化作邮票，贴在心上，把我的情感，把我的眷恋，寄回到曾经纯纯如月的时光里。

枕头是梦的摇篮

在乡下时，枕头是很普通的那种，都是自家缝制。枕头的里面填充的，也只是乡下常用之物，比如谷壳，比如一种野生植物的叶子。那时候的枕头，枕起来很舒服，也可能是心情使然，即使现在的枕头再柔软舒适，也不会有曾经的梦境。

那时每一家的孩子都多，晚上都睡在一铺大火炕上，每天入睡前，便会有一场枕头大战。一时之间枕头乱飞，我们的笑声也乱飞，直到累了，直到父母呵斥，才躺下来，枕着那一枕欢乐，进入更无忧的梦里。记得有一次在叔叔家里，我们几个孩子有一天晚上玩儿枕头，把枕头顶在一根手指上，让它不停地转动。正玩得高兴，不知是谁把枕头钻破了，"噗"的一声，枕头里的东西立刻如雨一样纷飞洒落。我们大笑，浑然不顾大人的训斥。

家里的枕头都是母亲自己缝制的，枕头套上绣的各种花样，那是姐姐的功劳。枕巾是买来的。那个年代的枕头也很朴素，里面填充的是荞麦皮，那时大多用荞麦皮填枕头，因为荞麦皮温凉适当、软硬恰好，枕着很舒服。也有用稻壳填枕头的，还有许多东西可以用来填枕头，作用各不相同，总之枕着舒适就好。

有时候，那些自然的枕头更让我们留恋。依然是少年时，我们奔跑在无边无际的大草甸上，与鱼虫嬉戏，与鸟儿追逐，累了倦了，便躺在草地上。或者搬块石头，或者枯草攒成一堆，就当成枕头。耳畔满是鸟鸣虫唱，周围氤氲着草气花香，倏然而眠，梦里也是天蓝草碧，童话般的世界。虽然没有以地为枕的境界，却也感受到了亲近自然的惬意。有时候，我们干脆以彼此为枕，团团躺在一处，每个人的大腿都被一个脑袋枕着，漫无边际地幻想，天马行空地说话，一种极度的轻松和陶然。

在外地上大学时，极喜欢读书，宿舍的床上，书籍杂然，书半床人半床。那时有个笔友，她也酷爱读书，我们经常书信往来交换读书心得。她曾在信中说，经常以书为枕，周围全是墨香盈然。读了这么久的书，我还真没有枕书而眠过。都说"三更有梦书作枕"，那是怎样的一种梦？或许，每个人把常伴之物作为枕头，都会有着关于希望和理想的梦境。古代士兵枕戈待旦，以兵器为枕，梦里应该不是厮杀，而是宁静与和平。

有个大学女同学告诉我们，她的枕头还是母亲亲手缝制的，而且，枕头里面，有她悄悄放进去的母亲的一缕头发。母亲在高中时去世，她枕着这样的枕头，经常会在梦里重温母亲的种种，仿佛母亲拥她入睡，她就会睡得安稳而甜蜜。

后来便辗转着离故乡越来越遥远，亲人们也都远离那片土地。有一年去一个乡村，夜宿农家，依然是记忆中的那种枕头，散发着一种干草的气息。我知道，那是用秋天的一种叫"洋铁叶子"的植物叶子填充的。叶片枯黄以后，采下，搓碎，用来填枕头，不生虫子，气味祥和，有助睡眠。儿时家里多是这样的枕头，如今枕来，不知会不会重复二十多年前的美梦。竟是睡不着，每一转动翻身，枕头里都会发出轻微的"沙沙"声，仿佛童年的风吹过野甸，吹出满眼的泪。

也许，一个人心里最深最柔软处的东西，就像头下的枕头，只有我们最轻松、最接近睡梦时，才能体会其中的温暖与感动。

最后一个传呼机

　　多年前我高中毕业，由于高考失利，有那么一段日子心情很是郁闷，于是姐夫给我联系了一个乡中学，让我去做几天代课教师，以放松一下自己。

　　那是一个离县城很远的乡，也很穷，学校里的学生大都是下面各村里的孩子。教学条件虽然差，不过这是一种全新的生活，因此我心里还是很兴奋的。我代的是初二年级的语文课和物理课，每堂课我都讲得很认真，而且时常在课中穿插着讲一些与课程有关的小故事或者逸闻趣事，学生们听得津津有味，都喜欢上我的课。

　　课间休息的时候，我便同学生们一起聊天，给他们讲城里的事。对于处于偏远农村的孩子来说，城市生活是他们所向往而未知的梦。一天，一个男生指着我腰间的传呼机说："老师，你的电子表真漂亮！"这个传呼机是姐夫送我的，而且是汉显的。那时手机还很昂贵，极少有人用得起，就连传呼是汉显的也少。于是拿着传呼机给他们讲它的功能，并把传呼机里以前存的一些信息给他们看。正巧这时传呼响起来，我一看是天气预报，便给他们传看，他们赞叹着羡慕不已。

　　一天中午我去食堂吃饭前把传呼机放在了办公桌上，可吃完饭回来后却发现它不见了，我翻遍了抽屉连地面都仔细地找了也没能找到。办公室里没有其他老师，他们上午一下课便都回家了，到现在还没有来。那会是谁拿的呢？我生气了，便去找校长，校长震怒，要亲查这件事。

晚上我在办公室里批改作业，一看到桌上那一摞作业本心里忽然一动，想起中午我出去时课代表还没把作业送来，而我回来后作业已经在这里了，说明中午时语文课代表来过。那是一个很腼腆的男生，叫黄明强，也是我最喜欢的一个学生，作文写得很棒。一想到他，我的心便不能平静，那一夜都没有睡好觉。

第二天上课时我仔细观察了一下黄明强，他不像平常那样认真听我讲课，似乎总在躲避我的目光，我心里已经断定传呼机就是他拿的了。昨天下午校长已在全校各班调查此事，闹得人心惶惶的。所以上课时学生们都很沉静，气氛也不如往日热烈。下课前我对学生们说："大家都知道我的传呼机丢了的事吧？我知道大家都在为我担心，现在我可以告诉大家，传呼机已经找到了，原来让我放在宿舍的枕头下面了。我已托人把它捎回家去了，因为在这里根本用不着它！"同学们都舒了口气，很轻松的样子。黄明强的目光第一次与我相遇，那目光中有迷惑有感激，更多的是歉意。

中午时我去街里的公共电话亭给自己的传呼机传了一些话便回来了，因为再过几天我就要离开这里回城复读了，所以这几天的课我备得特别认真。学生们知道我要走了，都依依不舍的样子，这让我感动至极。那几天，我每天都要给我的传呼机传一些内容。离开的那天，学生哭着和我道别，我一一与他们握手，到黄明强时，他哭得比谁都厉害。

回去后的那些日子，我时常给黄明强打个传呼，鼓励他要好好学习，直到我考上大学离开这个县城。以后的日子忙忙碌碌的，学习、毕业、找工作，渐渐把这事淡忘了。前些日子，我收到一封电子邮件，上面只有几段话：

"世上有许多美好的东西，要靠我们自己的努力去得到，只有那样才会是无怨无悔的。

　　"对做过的错事不要痛悔，更不要自暴自弃，要把它当成一个警钟，时时长鸣在以后的人生路上。

　　"相信这个世界，只要你去努力，想要的东西终会得到。

　　"你要努力学习，希望多年以后你会成为一个让自己无悔、让我感到骄傲的人。"

　　我一下愣住了，一瞬间，所有的往事都在心底苏醒。这些话都是当年我在那个传呼机里传的内容啊！

　　几天后我收到一封邀请函，是我当年代过课的那个班级的同学聚会，而发起人正是黄明强。此时的他已拥有了自己的公司，事业蒸蒸日上。酒酣之际，他对我说："老师，没有你就不会有今天的我，是你传给我的那些话让我明白，在这个世界上，只有努力，才会让梦想成真！"然后，他拿出那个传呼机，隔了二十多年的时间，传呼机还是那样崭新，他说："我一直带着它，也好好地爱惜它，直到传呼台倒闭，我依然把它带在身上，时常拿出来看一下。你看，你最初发的那几条信息还一直保留着。在我的身上，它一定会成为世界上最后一个传呼机！"

　　看着那个传呼机，我不禁感慨万千，没想到当年我留下的那些信息，会成就一个农村孩子的今天！这个传呼机装载着太多我的希望和他的努力啊，的确值得珍藏一生。我和黄明强相视而笑，都笑出了两行热泪！

最温暖的一束光

　　黑沉沉的夜里，我慌张地往家里走，一团光亮在脚下随着脚步而延伸，直到我走进家门，那束光才消失。那是那时经常出现的场景，也是多年后在心底不散的眷恋。小小的我总去舅舅家听故事，听那些乡村里流传了不知多少年的传说，总是听得毛骨悚然却欲罢不能。然后，回家时，舅舅便在他家门口，用手电为我照亮脚前的路。

　　那时的手电筒，有着很大的作用，因为乡下经常停电，晚上找个东西什么的，都离不开它。我们把古老的手电筒称为电棒儿，这个很俗的叫法，却有着很亲切的感受。我家里也有一个手电筒，使用两节一号电池，筒身是竖条纹，推动式的开关，开关前有一个小小的红色按钮。开关有三个位置，最下面是关，最上面是开，而推到中间位置，一按红色小按钮，手电筒就发光，松开就熄灭。

　　有时候会在夜里，站在院中，拿手电筒照着远处的墙或地面，转动着手电筒前面的头，调整焦距，看着那团光亮变幻着大小。更会对准天上的某颗星照射，想象着那束光穿越无穷远的距离，落在那未知的星球上。冬天的夜里，我们会凑在一起，各拿手电筒，在房檐下照麻雀。麻雀被强光一晃，眼睛看不见，便会伏卧不动，很容易捉到。也会在晚上捉弄家里的花狗，用手电筒照射它的眼睛，狗眼就呈现出碧绿的光。

最喜欢在夜里和大人去甸子上，赶着马车，手电筒的光束在周围扫来扫去。由于天黑得厉害，手电筒也比平时亮上许多，因为，手电筒比平时长了一截。那时手电筒都是可以自行加长的，配备一截筒管，一节电池那么长，需要时可以拧在手电筒上，这样由于多了节电池，可以使其更亮。茫茫的大草甸里，只有手电筒的光束闪烁，越发显得黑暗的厚重。怀念那种欣喜中带着些许恐惧的感受，仿佛那么弱的一束光，穿透了无穷的岁月，落在回望的心上。

而家里的这个手电筒，却在我的手上丢失了。那是一个夏夜，村里放映露天电影，这是我们最盼望的事。于是便拿上手电筒，和伙伴直奔大队的院里，或者学校操场，或者场院，彼处已是人声鼎沸。电影还未开演，无数道手电筒的光照在白色的银幕上，映出各种形状的手影。起初我还拿着手电筒凑热闹，后来便和伙伴们追逐打闹，等着电影的开始。手电筒后面的盖，有一个嵌在上面的活动铁环，抠开即可拉起，我用一根手指套入铁环中，在人群中追赶着伙伴。直到电影开始，才发现，手指上只剩下那个脱落了的铁环，手电筒却早已消失。

那个夜里，电影根本无心去看，四处寻找着手电筒，却终是没能找到。丢了那个手电筒，仿佛丢了一份快乐。很快家里又买了一个新的手电筒，比原来的好了许多，它延续着我的欢乐，也让我更懂得了珍惜。

一到晚上，如果窗子上忽然有手电筒的光闪过，或者有规律地晃几下，知道是伙伴们招呼我出去，便拿上手电筒，飞快地出门，开始夜里我们自己的有趣活动。有时就对着墙，让手电筒的光在上面飞快地移动，写出一个个字，看谁能猜出写的是什么。那每一个笔画都转瞬即逝，很难看清是什么字，就像那些无忧的岁月，还没来得及细细品味，就飞快地消逝。

而现在的手电筒无论从样式到功能，还有亮度，都是过去所不能比的。可是在心里，那遥远的一束光，却映亮了那么多的岁月，依然照亮我脚前的路。

第三辑

矮矮的檐下，垂挂着多少温暖的梦

年画是年年的眷恋

在过年的气氛中，年画红红火火地贴在墙上，就像门窗上的那些对联挂钱，也在我心底贴下了一份喜悦一份幸福。那是一种透着温暖的感动，一种不觉流逝的渴盼。

每到腊月，小孩子们就盼年，在那样朴素的年代，过年，有着不可抗拒的诱惑。年前的几天，有几项重要的活动，其中之一就是买年画。那时农村还有供销社，各种各样的年画就挂在屋里，我们兴奋地逐一看去，挑选喜欢的。现在想来，那时的年画也很简单朴素，都是"连年有余"等吉祥喜庆的。而我们最喜欢的，却是那种带有故事的成套的年画，像什么《穆桂英挂帅》《呼延庆打擂》等，画得好，下面的故事也好。

过年的那一天，才起早张贴对联挂钱年画什么的。墙上贴了一年的旧年画，此刻终于走到了尽头。我们常常为哪张画应该贴哪儿而争论，一般炕头的墙上，都是那些最典型的吉祥如意的，或者娃娃抱鲤鱼，或者老寿星捧聚宝盆什么的。年画一贴上，屋里立刻就亮堂起来。那时的年画都是很普通的纸印制，西面的墙上，通常贴一些风景类的，看着很赏心悦目。

而小屋里，墙上都是那些我们最喜欢的了。除了那些带故事的，还有一些人物的。许多东西，都是从那时在心里生根。印象最深的是一套

"红楼十二钗"的年画，每三人一幅，共四幅。那时我就总问姐姐们，这些人都是谁，姐姐们就会不厌其烦地给我讲，我后来爱上《红楼梦》，与那些年画有着极大的关系。

有一年去叔叔家拜年，在他家墙上看到一幅年画，也给我留下了很深的印象。那幅画叫《三打白骨精》，金色的美猴王威风凛凛，高举金箍棒，而白骨精画得很恐怖。这个故事早就知道了，可是从画上看来，却有着另一种感觉。而堂弟和堂妹还小，追着问我那是什么故事，于是我大讲特讲，很有成就感。还有《大闹天宫》等，那个深受大家喜欢的美猴王，曾经热闹了无数个新年。

另外还有一些十二生肖的年画，新的一年是什么年，在画里就会体现出来，只是，从记事起，还没来得及在年画中看尽那十二个动物，人就已经慢慢长大，失去了最初的欣喜心境。

那个时候，甚至会在纸上照着那些年画去画，虽然画得乱乱的，心里却充满欢乐。姐姐们画得最好，有一个大本子，都是她们画过的年画，每一年的都有。只是再也找不到那个本子了，如果在几十年后，翻看曾经的本子，心里该是怎样的沧桑透着幸福啊！

随着一年的过去，外面的对联福字挂钱，由于经风经雪，日晒雨淋，渐渐地失去了颜色，慢慢地零落。而屋里墙上的年画，却还在散发着生机。虽然它们也在慢慢地变陈旧，可是依然时时吸引着我的目光。一看到它们，就会回想起过年的热闹与幸福，就会盼着又一个新年早早到来。就像现在的我，一想起那些年画，就想着能回到过去的时光里，回到过去的无忧心境，用心去过每一个年。

现在的城里，过年时极少有贴年画的，不知乡下是不是这样。只是我想，即使依然贴年画，也必然不再是过去的种种。那些古老的年画，同着古老的岁月一起远去，可是在我心底，在我生命中，那些曾经鲜活的，曾经陶醉的，曾经流连的，却永远不会褪色。

遥远的炕桌

炕桌真的已经很遥远了。在现在的孩子连火炕是什么都弄不清的情况下，炕桌就更是不可捉摸了。而曾经生活在过去的人，曾经在那样的房子里成长的人，提起炕桌，依然会有着一种温暖，那温暖不因时空的久远而淡去，每次想起，都会怅然中带着甜蜜。

我家里最早的炕桌，已经很古老了，爷爷说他小时候就是用的这个。不知是用什么木头制成，很重，也很结实。上面的颜色已经极浅淡，表面也很光滑。炕桌一般都不高，桌面多是长方形，大小因各家人口而定。吃饭的时候，一家人都盘腿坐在炕上，也有直接坐在炕沿上侧着身子吃的。那个时候，吃饭时的座次也很有讲究的，炕头坐着的是爷爷，然后父亲母亲，炕头是尊位，长者高坐。

盘腿坐着吃饭，我总是不习惯，于是都是侧坐在炕沿上。而爷爷惬意地盘坐喝酒，似乎极为享受。特别喜欢冬天的时候，窗玻璃上还残留着夜里凝结的霜花，外面大雪飞扬，火炕热乎乎的，坐在上面很舒服。炕桌已经摆好，热腾腾的饭菜也已端上桌，虽然只是最为普通的饭菜，却一直觉得是生命中最留恋的。

火盆就在离炕桌不远处，空气中还弥漫着爷爷的烟袋里飘出的烟气。火盆中插着爷爷的那把锡制酒壶，壶中是六十度散白酒。这个情景常常将我的梦境烘托得温暖无比。

炕桌也不只是吃饭时才用。有时家里来了客人，大家会围坐在炕桌旁，桌上摆着烟笸箩，几杆大烟袋便开始云雾缭绕。我们小孩子也会在炕桌上写作业，常常写着写着，桌底下的几只脚便开始互相攻击。最喜欢逢年过节，大人们便在炕桌上看纸牌，那时还不流行扑克和麻将，只是那种很古老的纸牌，类似麻将般，上面印着《水浒》中的一百单八将。我们便在周围看热闹，啃着黑黑的冻梨，自觉其乐无穷。

而除夕的夜里，近十二点时，炕桌就会被搬进院子里，上面摆上供品，开始接神仪式。其实也没什么程序，就是一种习惯。之后我们小孩子燃放鞭炮，炕桌又回到火炕上，摆满了平时难得一见的菜肴，大年夜里，炕桌是它最辉煌的时候。

后来，家里多了一个炕桌，却是我们小孩子极喜欢的。已不记得那个炕桌是从哪里来的，它很是与众不同，是竹制的，淡黄的颜色，很小，四四方方，刚好坐下四个人。于是，便成了我和姐姐们的专用之物。现在虽然三十年过去，我依然能清晰地记得手摸着竹炕桌时的细微感受。

有一次，钻进家里的仓房，找寻一些可以玩的东西。在很深的幽暗角落里，竟发现了另一张炕桌。那张已是极为破旧，桌腿都劈裂开来，桌面上也坑坑洼洼，已经看不出原本的颜色，散发着腐朽的气味。一时讶然，现在用的炕桌都已经不知多少年头，眼前的这一个，又会有多久？曾经有多少代人在上面吃过饭？

现在想来，儿时的那张炕桌，其旁送走了多少人，其上更换了多少盘碗。是的，炕桌旁的人渐渐地减少，先是奶奶，再是爷爷，炕头的位置后来坐着父亲。而父亲并没有在那个位置坐到老，炕桌就已经结束了它的历史使命。那时兴起了一种可折叠的圆形饭桌，放在地上的，我们叫它靠边站。而父亲吃饭时，依然盘腿坐在炕边，可能是喜欢那样的感觉，或者是不舍炕桌的年代。

如今，各种各样的饭桌美不胜收，桌上的饭菜也远非过去可比，我却再也没有当年的满足感、幸福感。火炕都已远去，炕桌更难追寻。只有在记忆中一次次重温那样的场景，聊慰我在尘世中的沧桑与疲惫。

恋恋收音机

收音机依然近在身畔，可是，我们却再也无暇去聆听，它已经成为老人的时光，或者是出租车里无聊的播放。而现在的收音机，也与过去全然不同。当年的收音机，我们多称之为半导体，外形朴素，功能简单，不像现在的收音机那样精密而复杂。

上个世纪八十年代，正是我的童年和少年时期，收音机就成了我成长中不可缺少的伙伴，也是一个家庭里的乐趣所在。因为那时有电视机的人家极少，虽然是黑白电视而且很小的，也是拥有者寥寥。我家最早的收音机是"长征"牌的，天蓝色，能有一本课本的一半大，后来可能是里面的电池槽有了故障，家里人便把电池放在外面，用硬纸卷成筒状，将电线接在两端。于是收音机就像背了个大包袱，给我留下了深刻的印象。

那时人们都热衷于听评书，几乎是每天一到时间，就守在收音机旁，想弄明白昨天讲到的"欲知后事如何"到底是怎样。我们也常跟着听，听着听着，就上了瘾。什么《杨家将》《呼家将》《三侠五义》《大八义》《小八义》等，都让我们听得如醉如痴。特别是刘兰芳讲《岳飞传》时，几乎是人人皆听，据说正因为这一部书，使得当年的收音机销量大增。

有两部书印象极深。一部是袁阔成讲的《三国演义》，那也许是我最早接触的名著，每天的晚上，都要听，若是落下一天，便会觉得缺失了许多东西。就这样，白脸的曹操、红脸的关公、黑脸的张飞等，慢慢地走进了心里。及至长大后看原著，虽然也是很有意思，却总觉得不如当年听收音机的感觉好。也许，那是人生中第一次的接触，有着不可磨灭的印痕。

而另一部书，却是完全不同的感受。那部书也并不是从头听起，只是有一天中午，忽然在收音机里听到，已经不记得是谁讲的了，只知道是一个女的，讲的是一个爱情故事。虽然少年时朦胧的心底，尚不明白爱情，却也听得满心感动。后来姐姐们也跟着一起听，有时我们还会回忆起那段时光。那部书就是琼瑶的《烟雨濛濛》，这也是我最早接触琼瑶的作品。

经常收听的，还有《每周一歌》节目，由于连续一星期都播放同一首歌曲，所以，许多的歌儿都是那个时候学会的。虽然那些歌儿已经很古老，可是旋律依然萦在耳畔，响在心里。

其实，最让我们眷恋的节目，还是每天下午中央人民广播电台的《小喇叭》。那是一个儿童节目，节目开始的"嘀嗒嗒"的小喇叭声，曾在无数人的记忆中响起。我的记忆中，那时总在《小喇叭》中听孙敬修老爷爷讲《西游记》，孙悟空和猪八戒的声音各具特色，很是让人回味。我相信，那个年代的小孩，都会对这个节目有着很深的情感和怀念。

可是，让所有人都喜欢听的，也是当时收音机里最主要内容的，就是广播剧了。那时听了太多的广播剧，有名著改编，比如《晴雯补裘》《水浒传》，还有一些很具有时代特色的，反正不管是什么内容，我们都听得津津有味。特别是冬天的时候，四点多钟天就已经黑透，由于天冷，便都早早地躲进被窝里，暖融融地听广播剧，广播剧听完，睡意也浓了，酣然入梦。

后来，家里有一个大的红灯牌电子管收音机，那在当时还是比较昂贵的，远不是那些半导体可比的。只是，那个红灯牌收音机并没有给我留下太多的想念，我念念不忘的，依然是那个身后背着电池的小半导体。

当年的收音机，就像一个让我看到世界的窗口，更如一缕从外面世界吹来的清风，吹开了我心底一扇美好的门。多希望遥远的电波穿越时空而来，让我重温那些时日，当年的收音机，还崭新着，发出最温暖的声音，直印入心底最柔软的角落。

烛影摇情

　　有一天夜里忽然停电了，这在城里是极少见的事。我拿着手电筒翻箱倒柜地找出了半截蜡烛，点燃，然后斜倚在床上看一本小说。忽然就想起从前，仿佛一片片明亮的梦境，那些个夜晚连缀成生命里所有的晴天。虽然那时候还小，可是所有的种种，却是我漫长岁月中所有温暖的来处。

　　恍惚之中仿佛回到了儿时，家在农村，一年有大半年的时间停电，于是每个夜晚都被烛光点亮。那时我刚上小学，常常在昏黄的烛光中写作业，母亲坐在一旁干家务，或纳鞋底儿，或缝缝补补。有时我抬起头，便看见烛光将母亲的影子投在墙上，那身影微微摇曳着，于是小小的心中便有了莫名的感动与感伤。有多少年，母亲的身影就是这样一成不变的，无数次夜里从外面玩耍回来，总能看见母亲的影子映在窗上，是的，在那烛光之中，有爱我的母亲，有温暖的家。

　　有时候是全家人坐一起，搓那一堆金黄的玉米棒子。记得有一次，叔叔来家里，吃过晚饭，夜色便已深沉。全家人就坐在炕上，围着的八仙桌上点一支银烛，昏黄的光亮映得每张脸都朦朦胧胧，身影投在墙上，显得厚重无比。大人们开始说些传说故事，似乎都是辈辈流传下来的，我们听得既高兴又恐惧，看着窗外的沉沉黑暗，看着角落里堆放的物什似乎都欲活欲动。烛光伸缩明暗之间，那种温馨的场景不知不觉中便已铭镌于心。

多年以后，这个情景常常入梦，却只是剩下温馨，再无半分害怕。有时也透着一种沧桑一份伤感，当年围坐在烛光里的人，都已经老了，就算我自己，也是步入中年，回望如隔世般遥远。

更多的时候，我们一些小孩子会跑到邻家，听那个盲眼老奶奶讲故事。依然是夜晚，老奶奶的故事极多，白发在烛光里闪着细密的纹泽，苍老的声音回荡在我们的耳畔。常常到了深夜，才意犹未尽地离开，虽只一墙之隔，却是走得忐忑无比。只是现在想来，那却是最为怀念的一段路了，虽然极短，却会在我心中走一辈子。

叔叔家所在的村庄，离我们只六里地，那时常常去叔叔家住几天。最喜欢夜里，都睡在一铺大炕上，却是不肯吹熄了蜡烛。烛台就放在窗台上，映得看不清外面的黑夜。那烛台是用铁丝制成的架子，三条腿，很稳当。于是和叔叔婶婶弟弟妹妹们闲聊，说些对未来的想象，弟弟妹妹就一个劲儿地问，抬头看，一盏电灯就吊在头顶，却极少见它发过光，倒是烛光将它镀亮。不知何时睡去，也不知是谁熄了蜡烛，躺在土炕上，夏夜的风吹来庄稼的气息，梦里一片芬芳。

有一年，和一群小伙伴去野甸上玩儿，便忘了回家。回来时天已黑透，每一家的窗子，都透出淡淡的烛光来。看到自家的窗口，那种温暖的感觉在我小小的心中翻涌，那是最初的心动，却连着我最终的思念。那烛光，就那么一直亮在我的生命里，从不曾熄灭。黯淡时，落寞重重时，总会点燃我所有的希望。

最热闹的时候，是过年，一家五口人围坐在桌旁吃年夜饭。这时桌上会点燃好几支蜡烛，烛光把我们的身影交错重叠在墙上。我会看着那些影子出神，这种合家团聚的场景总是让我长久地感动。那时，我们小孩子有一种特别的蜡烛，极细极短，像粉笔那般大小，五颜六色的，我们叫它们"磕头燎儿"。我们把这样的小蜡烛摆放在炕沿上，小小的烛火便摇曳成一排。在那片烛光之中，弥漫的是团圆的气氛。

后来，姐姐们相继出嫁，我家也搬到了城里。大年之夜，我和父母坐在桌旁，明亮的日光灯下，我可以看见父母眼中的落寞。灯极亮，影子却是极浅极淡，像那些模糊远去不再清晰的往事。

再后来，我也离开了父母，只身到了另一个城市工作。我常常会想起父母，想起他们在灯下的孤独与寂寞。在他们的心中，一定和我一样怀念在农村的那些日子，怀念那一点荧荧的烛光，虽然昏暗，但是却有温暖，孩子们也都在身边。

永远铭记着那些个晚上，母亲坐在烛光下缝缝补补的身影，那时的母亲是那样年轻，岁月的大雪还没染白她的发。烛焰瞳瞳，烛影摇摇，都是我心中圣洁遥远的眷恋。而当身在千万里之外，当心中的思绪如烛泪流动，所有的夜晚便充满了回忆的甜蜜与幸福。

夏天的时候，回了一次老家，和父母姐姐们一起。故园依然，却已物是人非，行走其间，每一步都会踏痛着记忆。后来我们去了叔叔家，住在那里。晚上的时候，很巧合的，竟然停电了。买来蜡烛时，叔叔还说，现在基本很少有停电的时候。那个晚上，我们像很久很久以前，坐在那里说话，很是感慨。那个时刻，宛若时光流转，重叠着过去的种种。只是，当年围烛而坐的大人们，都已经发白如雪，而曾经凝神静听的孩子们，也已鬓染秋霜。今夕复何夕，共此灯烛光啊！

那个停电的晚上，在烛光之下，手中的书一个字也没有看进去。我看着那一簇火焰，伸缩明灭，一股带着伤感的暖意在心底弥漫开来。透过烛光，我仿佛看到了那些烟尘深处的岁月，看到了那些微微摇动的让我感动的身影。于是心中盛满了幸福与牵挂、怀念与眷恋。

黑白间的无穷色彩

那个时候，如果说村里谁家最招人，谁家最热闹，那就一定是有电视机的人家了。虽然只是黑白电视，却是我们眼中最具色彩的世界。我们村子算是较大的村，可是也没有几家有电视的，不过没关系，一到晚上，大家便都涌向有电视的人家，一时热闹非凡。

老舅家里有一台黑白电视机，是全村第一家买的，日本三洋牌的，12英寸，画面清晰。那时一点儿也没觉得有多小，只是喜欢看。老舅家就在我家后院，每天吃过饭，我们就跑去，几乎整天长在那里，就连演广告都看得很入神。那个年代的一些广告，许多人现在依然记得，什么"燕舞，燕舞，一曲歌来一片情"，什么"每当我看到天边的绿洲，就想起……"，诸如此类，现在想起，仍是觉得亲切。

能收到的电视台很少，在我记忆中，只能收三四个台，一个中央台，一个省台，一个市台。电视机上的天线长长地伸着，不停地转换着方向，以使画面更清晰。有时就算画面上全是雪花，我们也看得津津有味。后来老舅买了个室外天线，那个年代最普通的样式，交叉着的两根铝片，组成一个"X"形，用木杆高高地竖在院子里。后来觉得效果不是特别好，就又在上面安了两个铝盖帘。天线杆是可以转动的，常常是外面的人在来回转动天线杆找方向，屋里的人看着画面，如果清晰了就喊停。

现在觉得，当年有好多好看的电视剧，看得我们如醉如痴，欲罢不能，什么《霍元甲》《陈真》，就是现在听到那古老的主题歌，都会悠然神飞。还有《西游记》，深受我们小孩子喜欢，以前小人书上的美猴王活灵活现地走进心里。姐姐们喜欢看《红楼梦》，我们男孩子却是不感兴趣。后来当我长大，喜欢上《红楼梦》时，就会回想起87版的电视剧。当有了网络后，我找来看了好几遍，不只是电视剧本身，更有着我对那个年代的怀念，所以后来看过好几个版本的电视剧《红楼梦》，依然觉得87版最经典。

而最让那一代人念念不忘，最让当时的我们痴迷的电视剧，就是《射雕英雄传》了，87版。我觉得，在电视史上，在我所知的范围内，再也不会有那样的盛况了。

我清楚地记得，开始的时候，是省台每周播放一次，周六的晚上，是我们盼望的时刻。我们会早早地去老舅家占最好的地方，然后人们就陆续地来了，甚至挤到了外屋里，也有人在外面趴在窗户上看。熟悉的主题歌响起，那么多人全都安静下来，大家都被电视上的情节吸引了。可以说，无论大人还是小孩，对《射雕英雄传》的喜爱是完全相同的。若是赶上那一天晚上停电，则是弥补不回来的遗憾。那个时候，经常停电，也最怕停电。

那个时候，总希望家里也买一台电视机，可是终究没有买成，妈妈喜欢清静，不喜欢每一天都一屋子人。及至后来，有电视机的人家多了起来，便少了许多满满一屋子人一起观看的乐趣。再后来，有人家买了彩色电视机，我们也曾一拥而上去看新鲜，却再没有了最初的那种感觉。

黑白电视机，是那个年代的人们心里永远色彩缤纷的一个窗口，是终生难忘的一段繁华。如今，面对挂在墙上的巨大的智能电视，虽然有着太多的频道可以选择，虽然各种节目层出不穷，却再也不会有当年的心境和感动。

　　是的，在我们的心里，它从未走远，它一直都在，就像曾经的岁月，回望，永远是最美。

时光深处的缸影

　　现在已经很少能在平常人家看到那样的大缸了，而在曾经的岁月里，它们，曾是每家每户的必备，用途广泛。却没想到，多年以后，想再看它们一眼，却是那么难。即使看到，也不是当年在院中在屋里的感受。

　　特别是农村生活，大缸更是常见之物，每一家都有好几个。大缸多是深色，或深黄，或深褐，或黑色，缸口一圈的缸沿颜色略浅，看起来材质与缸壁不同。而且这缸沿也有大作用，当切菜的时候感觉刀不快了，就去缸沿上磨几下，效果很好。缸都极大，大的，直径有一米多，高接近一米半，还有一种我们叫作 pai（发三声）缸的，有一米高，但是极粗，给人一种很敦实的感觉。

　　在房里最常见的就是水缸了，它们就立在每一家的外屋，靠近锅台的位置。那时候都是在村中间的大井挑水，所以水缸都极大，以储存够一天的水量。我家的水缸就很大，里面总是盈盈装满着清凉凉的井水。我记得缸的盖子是木头制成的，类似于锅盖，也是分成两半对接在一起。缸盖上摆放着水瓢或水舀子，水缸旁边就是两只铁皮水筲，墙边靠着扁担。每天早晨，父亲都会去大井那里挑水回来，然后把水筲举起向缸里一倾斜，闪亮的小瀑布就出现了，伴随着动听的水声。

　　我们小孩子从懂事起，就被大人在耳边警告了无数次，不准自己去趴在水缸边舀水喝。因为确实有过危险的情况发生，大人们都去地里干活，小孩子在家趴水缸，一头扎进去淹死。所以，当我们的身高还没超过水缸的时候，极少去尝试自己舀水。

秋天到冬天的时候，会有一个更大的缸出现在外屋，那就是酸菜缸。酸菜是那时冬天的家常菜，所以每家都会腌许多，至少一大缸。把弄好的白菜及一些需要的材料放进缸里，上面用大石头压住，过一段时日，就可以食用了。每次母亲从酸菜缸里捞酸菜，我们都在一边看着等着，那个时候，觉得酸菜芯真是好吃，把外面的菜帮剥尽，就剩下小小的一个芯儿。那是我们的最爱，吃在嘴里酸脆凉透，别有一番滋味。

酸菜缸也只能在屋里停留四五个月的时间，更多的时候，它就闲置在院子里，倒扣在那儿，度过漫长的寂寞。可是那几个月的相伴，就让我们有了惊喜，有了感动，有了怀念和眷恋。

而一年四季一直站在院子里的，就是酱缸了，和水缸、酸菜缸比起来，它就小了一些。大酱，绝对是东北人饭桌上必有之物，于是酱缸也成了农家最常见的标志性的东西。我家的酱缸放在南边的菜园里靠北墙侧，上面蒙一层布，在四周缸沿处用细绳系住，中间高高有个尖突，那是酱耙的痕迹。旁边还有一个带尖顶的铁皮盖子，是下雨天用的。每年的春天，下新大酱后，就要用酱耙经常在酱缸里捣，以让大酱快速发酵。每次母亲打酱耙的时候，我们都会在一旁看，随着酱耙的起落，那酱就像翻花一样，而酱香则溢出很远。

一般新下大酱的酱缸，要在那个盖布上系一红布条，这是酱缸所独有的。其实这源于一个迷信的说法，绑上红布条，就可以避免大酱不发酵或者发臭有异味儿等。特别是怕孕妇或者来例假的女人接近，有了红布条就可破解掉了。

那个年代，由于大缸太多，所以兴起了一个行业，就是锔锅锔缸，其实主要还是锔缸。因为缸大，价格也贵，经常搬来搬去，难免会磕碰出裂纹，或者碰掉一块儿，舍不得扔掉，就得锔上。所谓的锔，就是在缸上用钻钻出小孔，用两头折成直角的锔钉，把裂缝或掉的部分固定上，再用一些特制的东西弥补在缝隙里，不会漏水，缸就可以继续使用了。

后来，我家从乡下搬进城里，就再也不用那么大的缸了。那些很小的缸，就像坛子一样，再也不会给我最初的感觉。而那些大缸也在记忆深处浓缩成一个个厚重的影子，给我以长久的温暖。

竹皮暖壶里的春秋

　　早期的竹皮暖壶是可以垂直提着的，有着活动的可以竖起来的把手，不像后来的，壶身侧面是个把手，只能斜斜地拎着。后者是我当年最常见到，也是印象最深的。新买回来的竹皮暖壶，那竹皮还是阳光的颜色，很是能温暖眼睛。用的时间长了，加上总有水的淋浸，色彩便暗淡下来，如垂暮老人的脸，却有着岁月的质感。

　　那时的暖壶远没有现在的大，很细，似乎也短了不少，就摆放在灶台的靠墙侧。细细想来，当年的我们，其实在家里的时候，很少用到它。我们都是直接喝着手轧井里打上来的水，夏天时清凉无比，尽消暑气，冬天时带着冰碴，直透五腑，却也没有害上胃病肠炎，反而感觉特别好。暖壶的最大用场，就是夏天时去地里干活时带水。

　　所以说，暖壶对于我们来说，更大的作用是装凉水。刚从井里打上来的水，冰凉透骨，装进暖壶里，它就一直保持着刚出井的温度。在盛夏的田间挥汗如雨之后，倒上一碗凉水一饮而尽，说不出的舒畅。那时偶尔也能见到另一种竹皮暖壶，也是用来保持低温的。就是走村串屯卖冰棍的，那种竹皮暖壶很粗，壶口也粗，里面或装着散冰糕，或装着整根的冰棍，常引得我们小孩子望而生津。

　　当然竹皮暖壶也有盛装着开水的时候。那多是在冬天，虽然我们依然喝着井水，可是老人们却需要用开水服药，或者家里来了客人，也会沏上茶待客。

家里的竹皮暖壶曾在我手里损坏过。那是我提着暖壶去自家的田地里送水，结果走到田边的树林中，不小心将壶磕碰在树上，一声响，镜子一样的碎片混合着水散落在地上。我一时惊呆，心里有着一种惶恐，家里唯一的暖壶破碎在我手上，想来便很害怕。

向来厉害的母亲并没有责骂我，而是先看我的手有没有划破。然后，她去供销社又买了一个壶胆回来。那时我才明白，暖壶的壶胆是可以更换的，只要竹皮没有损毁，它就依然能够复原。那个午后，仔细地看着母亲打开竹皮套的底部，将崭新的壶胆放入之前，还要侧耳听听壶口，听里面是否有嗡嗡声——若有，说明完好且保温。母亲小心翼翼地将壶胆放入竹皮套里，然后再将竹皮套底部固定住。这样一来，竹皮暖壶又完好无损地站在我面前。

竹皮暖壶依然和从前一样，虽然更换了壶胆，可只要竹皮没变，我就觉得它依然是当初的那一个。或许人也是如此，不管怎样地变换着心情，只要依然有温暖有希望，那么你依然是你，便没有迷失自己。

记得有一次在大舅家里，冬天，我们几个小孩子正在看小人书，炉上的水烧开了，我们将暖壶灌满，便继续在小人书里徜徉。忽然"砰"的一声响，我们全吓了一跳，暖壶的壶塞划过一道曲线，落在炕上。原来是我们塞得太紧，壶里的压力太大，导致了壶塞飞射。那时的壶塞也是软木的，朝上的面上包着一层薄薄的铁皮。壶塞崩飞，这个原理还是大表姐家的孩子讲给我们的，我们为此偷着回家做过无数次试验，却没有一次成功。

再后来，新结婚的人家里，便有了最早的铁皮暖壶，上面印着美丽的图案，可是在心里总没有看竹皮暖壶的那种感觉。一晃许多年过去，暖壶已经变身万千，早已忘了它们最早的形象。有一次在商店，居然看到有卖这种复古的竹皮暖壶的，在那儿看了许久，却没有买。它们，虽然和过去的很像，却永远无法取代过去的影子，我宁愿竹皮暖壶一直在心里停留，盛装着那些记忆，这样就足够。

一盏暖暖的眷恋

　　油灯在我记忆中真的是很遥远了，遥远得只剩下那一团光晕，从岁月深处幽幽而来，照亮梦境与回忆。

　　最早的那种自制油灯，已经没什么太清晰的印象，只是记得很简单，用一个小瓶子，加上一根灯芯就可以。最让我留恋的，却是那种买来的，带着玻璃罩，可放可挂可提的油灯，一般大家都叫它"马灯"。那个时候，我一直弄不清，马灯的燃料到底是煤油还是柴油，反正很明亮，比曾经的一些小油灯亮了许多。

　　有一年的过年，马灯刚到我家没多久便闪亮登场，高高地挂在屋里棚下的一根横木上，那光就洒满了室内，照着每一张微笑的脸。爷爷伸手拧了拧灯座上的一个圆环，灯芯便长了些，于是更加明亮。在没有电灯的年代，在蜡烛还没有走进千家万户之前，马灯就是我们心里最美好的事物。现在想来，蜡烛也并没有比马灯更亮，只是更方便了些。所以，那个新年，是我回忆中最暖最亮的，而且所有的亲人都在，在灯下团圆欢笑。

　　那几年，马灯是爷爷最心爱之物，很少让我们这些小孩子碰触。爷爷没事时经常擦拭，把玻璃灯罩擦得干净明亮，即使后来不再用到马灯，他依然如此，后来终于明白，爷爷擦拭的，更是一种回忆，一如今天的我，在心里擦拭着所有的过往。

我五岁那年，一个秋夜，姐姐带着我从十八里路外的姑姑家往回走。漆黑的夜，无边的旷野，我们心里都充满着恐惧。蓦地，看见前方一点亮光正在接近。那亮光起初让我们更为害怕，可离得近了，看清是灯光，便觉得黑暗的恐惧淡去。到得近前，竟是爷爷，他正提着那盏马灯来迎我们，那一刻，心里满满的感动和欣喜。这还是第一次看到爷爷提着马灯出来，那个时候，马灯已经有许久许久不曾使用了。在路上，爷爷给我们讲，以前，人们夜里骑马时，都提着马灯，这个名字也是这么来的。

许多年以后，许多个漆黑的夜里，我独自走在长长的路上，多希望有一个人，提着一盏灯，在前方等我，照亮我脚前的路，驱散黑暗寒冷，让我的心像童年时那样温暖而充满希望。

后来终于有了电灯，虽然时常停电，马灯却真正地退出了历史舞台。停电的时刻，屋里弥漫的是烛光。那盏马灯便成了柜上的一个摆设，我们常常在爷爷不在时，尽情地把玩，于是它褪尽了当初的那份神秘。渐渐地，连我们也不愿意再玩它，只有爷爷，依然时常擦拭。当爷爷去世之后，那盏马灯便被收进了仓房，有时会看见，落满尘埃。再后来，便不知失落于何地。

忽然想起了另一件事。那时我已经十岁，油灯早已消失，连蜡烛也不是太常用到。有一天，我和姐姐们想起了当年的油灯，于是准备动手做一个。我们找了一个空墨水瓶，在一个小铁片中间钻了孔，用棉线搓了一根灯芯。到了最后，最重要的一点，竟是不知道用什么作燃料。后来，我们只好把豆油装进了瓶里，竟也能点燃。那个晚上，我们偷偷地在小屋里，守着小小的油灯，仿佛又回到了更早的时光。

那是第一次对油灯的怀念，还很纯真，带着清澈的眷恋。可是如今的怀念，却浸透着沧桑，一种人物皆非的慨叹。仿佛岁月沉沉，道路长长，回望时，可以暂时忘却流逝的无奈，也可以从回忆中汲取一种温暖，一种力量，一种希望，好让我能鼓起勇气，继续走下去。就像当年的夜里，爷爷的身影，爷爷提着的那盏灯，映暖着一生中所有的日子。

围炉

　　火炉已经渐渐成了传说，而在我记忆中，它就像一个温暖的太阳，煦热了太多朴素的岁月，让那许多个冬天，都眷恋成心底感动的海，潮起潮落间，便不再觉得世事风寒，所有的希望都春暖花开。

　　冬季漫长，火炉便成了村庄的心脏，它不停歇地工作着，让所有的人热血沸腾。最初的火炉是用砖垒成，炉膛分上下两部分，上面是炉室，下面是灰室，中间用带条隙的厚铁板隔开。炉盖由一个个逐渐缩小的环形铁板组成，相互叠加，一根长长的铁皮烟筒在屋里几个转折，穿墙而出，是主要的散热部件。后来有人家用破了的铁皮水桶改造成火炉，炉身散热更多了，效果更好，于是纷纷效仿。

　　没事的时候，一家人喜欢围炉而坐，我和姐姐们或看书或说笑，母亲则做着针线活，外面飘着大雪，室内却盈盈如春。特别是在晚上，天黑得早，那时经常停电，便点一根蜡烛，全家人坐在炉畔闲聊。

　　父亲常给我们讲故事，我们沉浸在故事的情节里，烛影摇动，将每一个人的影子都放大，投射到墙上，有一种厚重的亲切感。有时蜡烛燃尽，也不去理会，红红的火光透过炉盖的缝隙，映亮了每一张脸。随着火光的闪烁，四下里明暗变幻，那光亮直映入窗外呼啸的北风声中。

　　对于我们小孩子来说，最高兴的事，莫过于在滚热的炉盖上烙一些吃的东西。最常见的便是土豆片，切得薄薄的土豆片在炉盖上几个翻转，便已熟透，别有一种风味。或者将一些黄豆粒儿放在炉盖上，一会儿工夫外皮迸裂，便不顾烫地扔进嘴里，酥脆无比。有时，姐姐们会将整只土豆埋进火炉下层的灰烬里，过得一些时刻，掏出，扒去焦黑的外皮，里面松软无比，满屋子都是淡甜的香气。童年的我们，总能于火炉之畔找到许多的乐趣。

有一年去一个偏远的山村探亲，那时我已经在城里生活了二十年，有火炉的冬季再不曾来过。当我于风雪中推开房门，热气扑面而来，地当中一个火炉正红红火火地燃烧着，一下子击中我心底最柔软的角落，仿佛时光重叠，我于风雪之中回到家，炉火以不变的温暖迎接着我。火炉上烧着一壶水，正滋滋作响，一只黑猫蜷卧在不远处，眼前的种种，都是那么遥远的熟悉，心底濡湿，涌动着丰盈的感动。

那个晚上，我和亲戚一家人围坐在炉旁，说着多年前的旧事。红红的火苗伸缩着，将炉盖舔得红了脸，我的心也仿佛被轻轻地抚摸，无形的手指拨去岁月的沉寂，看到了童年的幸福。外面的风吹动着门板，窗玻璃上，美丽的霜花在与火炉的纠缠中慢慢成型。

当年围坐在炉旁的亲人们，已星散各方，祖父早已故去，父母也垂垂老矣，只有这一炉红火，依然如过去般，那些流走的岁月，就如火光中闪烁的光阴，永远亮在心底最温暖处。

记起在上小学时，冬天，教室中间便搭起一个大火炉，同学们从各家带来豆渣，整齐地码在后面的墙下。每天的清晨，男生们轮流早早地起来引燃炉火。课间时，我们就团团围在炉边，大声说笑，或从豆渣堆里捡拾一些遗留的黄豆，放在炉盖上烘烤。温馨而无忧的时光，随着火炉而消散。火炉是我们独有的记忆，独有的幸福，感谢那段贫穷而充实的时光，给了我一生的温暖。

多想再次与那些亲爱的人围炉而坐，说着温暖的话语，那样的时刻，心中的所有块垒都会消融，化作生命里最暖的感动，流淌着永远的幸福。

照片里的流年

　　每个人的心里，都会有一种在岁月中留下痕迹的渴望吧，于是，每个人，都对照片有着一种特别的情感。快门按动的瞬间，定格的，不只是一个刹那的微笑，更是年华里的一声足音。只是，当长长的岁月渐行渐远，当泛黄的照片罗列眼前，却是一种带着伤感的回望，透着幸福的沧桑。

　　曾经在老家的木箱里，翻出一叠古老的照片，积满了尘埃，那些黑白的画面，一如那段模糊的岁月。照片中的男女那么年轻，一种时光掩不住的激情。那是我的祖父祖母，从记事起，他们就已垂垂老矣，何曾知道，他们也有过如此青春的容颜。是啊，看着自己儿时的留影，也是有着太多的慨叹，那样的时刻，如隔河遥望，那一片不可碰触的年华，圣洁遥远。

　　很久很久以前，别说在祖父年轻时，就是在我自己的童年，照相也不是一件容易的事。况且是在农村，只在某些特别的时刻，才会请人来照相。那时，照相是一件新奇的事，也是一件大事。所以，在镜头前，紧张而兴奋，而正是那些生涩而僵硬的形象，最是让人怀念。甚至可以清晰地记起当时的种种细节，包括那一瞬间的心境。

　　那时的照片，时间跨度很大，相隔最近的两张，也要半年以上，而长的，可以是几年。那些没有照片留下的年月，即便有难忘的时刻，也是不甚明了，如河流中没有浪花的一段。每一张照片，在回忆里，都固守在某一点，细细地凝望，那一点上，便会辐射出太多的情节，于是，其前后的日子便会逐一亮起。就这样串联起所有的过往，如网纠结，而照片，就是那些相交集的结点。

而如今，相机早已不知更新了多少代，各种各样，数码相机早已走进千家万户。如果愿意，从孩子出生的那一刻起，每一天，都可以留下太多的刹那。漫长的成长，匆匆的岁月，可以被分解成无数凝固的瞬间。不必担心被时光浸染，如今的照片，以另一种方式存在于电脑之中，再无泛黄之忧。只是，再清晰再持久的照片，也无法擦亮蒙尘的昨日。

万分地怀念曾经的底片，那时常常拿着那些暗而薄的胶片，对着阳光细看，分辨着上面朦胧的影像。那时不会想到，终有一天，所有的一切，都会变得朦胧，欲辨无方。

人们都说，当一个人愿意经常翻起相册时，心境就已经老了。前路无多，便有了回望的空间和时间。每一张照片，都承载着太多的厚重，一如岁月在心，一种沉默的寂寞。

一个人的一生，也许可以用几张特定的照片来概括。满月照，百天照，周岁照，然后学生照，身份证照，结婚照，一直到最后的遗像。尘埃落尽，枝枝蔓蔓折尽，生命竟也可以如此简单明了。

是的，那些照片，真的是承载了太多的岁月流年，也承载着我们太多的沧桑变迁。情之所系，非只是那一纸方寸，更多的，是寸心间的所思所感。所以，岁月，才会如此多感，又是如此多情。

钟摆摇落时光的沙

有时候，在一些夜里，仿佛半梦半醒间，耳畔似乎就听到"咔咔"的响声，那是消逝许多年的钟摆声，就像往事的足音，引领我走进一枕流连的旧梦。

在我的童年里，上个世纪八十年代前后，几乎每一户人家都有钟。不是现在各种形状精致的电子钟、石英钟，而是古朴的老机械钟，一般分为挂钟和座钟两种，不过以挂钟更为常见些。

我们这些那时出生的孩子，几乎都是在大钟的响声里成长，记事起，就会好奇地看着那不停摆动的钟摆，不明白它为什么永不停歇。那时走进我视野的，就是一个大挂钟，就挂在屋里的西墙上，在我们难以企及的高度。挂钟基本是长方形，顶端有弧形的花纹，上半部是圆形玻璃的盘面，下半部是钟摆。对于钟的第一个认识，就是和大人们学认盘面上那一圈的阿拉伯数字，从一到十二，牢记在心。

家里的老挂钟，是严禁我们小孩子碰触的，虽然挂在极高处，大人们仍时时告诫。所以，我们也只能仰视着它，隔着那层画着图案的玻璃，看圆圆的钟摆左左右右地往复。钟的外表是一个门，打开来，才能真切地看到和触摸到指针和钟摆。每一次，父亲站在凳子上打开钟门，给钟上发条时，我们都会聚精会神地看。在钟的底部，有一把钥匙，盘面上有两个小孔，将钥匙插入旋转，便会给发条上满劲。

　　有一次，我和姐姐们在家里玩，忽然就觉得少了些什么。细想之下，才知没有了挂钟的响声，看向墙上，发现钟已经停了。而大人们都去田里干活，大姐胆大，非要自己去给钟上发条。于是我们将两个板凳叠在一起，在下面紧紧地扶住，大姐站在凳子顶上，打开钟门，灵巧地给钟上满发条，看得我们满心的羡慕。最后，大姐叮嘱我们，这事千万不能告诉大人，否则大家都要挨打。

　　听着挂钟又欢快地响起来，我们都满心兴奋。可是，大人回来后，还是发现了此事。我们当中并没有人告密，而是当时忽略了一件事，就是没有给钟校准时间。其实就是想校准也不可能，家里仅有的一块手表被父亲戴了去。结果我们并没有因此被训斥，如此一来，挂钟在我们眼中不再那么神秘。

　　许多个长夜里，那有节奏的响动就像催眠曲一般，带着我们走进梦乡。每一次整点或半点的报时，那悠长的声音在黑暗中抚摸着我们的梦，没有丝毫突兀之感，将梦撞击得更深沉。后来当我离开家乡，在学校的宿舍里，最初的夜里没有了钟声的陪伴，竟是极难入睡。那钟摆声就像守护梦境的使者，把安详洒满整个夜晚。

　　后来全家搬进城里，那个挂钟便不知失落于何处，更不知它在哪一个角落，将时间定格在哪一个瞬间。可是它却一直在我心底，记录着我匆匆走过的足音，把我的成长分割成点点滴滴的眷恋，每响一声都惊落一粒时光的沙，那些沙便落在心底最柔软处，并没有堆积成荒凉的漠，而是在温暖与怀念中，孕育成璀璨的珠，照亮所有走过的岁月。

缝纫机走过童年

　　脚踏缝纫机在那个年代绝对是高贵之物，就连条件好的人家结婚的四大件里，都包括它。四大件是指"三转一响"，分别是收音机、自行车、缝纫机和手表。在我的童年，收音机、自行车和手表，还是很常见的，而缝纫机相对来说，拥有的人家就很少。

　　从记事起，我就觉得家里的那台缝纫机很是神奇，那针头处不停地伸缩，竟能缝制衣物。每当母亲使用缝纫机时，我和姐姐们就会围在周围，时不时地伸出一只脚，同母亲一起去踩那脚踏板。而右侧那个小手轮，母亲经常在停顿之后，用手轻拨一下，并能用它掌握速度和进度。整个机身像一匹马的形状，所以在乡下，许多人叫缝纫机为"马神"，长大后觉得，可能是从英文的音译而来。

　　我们的新衣服，都是在缝纫机上流淌出来的。总是凝神于母亲劳动时，看那一根长线游走于布料之间，结合出我们盼望着的美丽。那些美丽的窗帘、枕套和衣服，都是开在我们眼中的幸福。多少个夜里，缝纫机的"嗒嗒"声随着烛光轻轻地撞击着四壁，也撞进我的睡梦里，梦里都是一片安宁。

　　缝纫机不用的时候，机身可以放到台面之下，于是就成了一个很平整的平面，就像是课桌一样。我和姐姐们总是因为争抢这个"课桌"

而吵架。在缝纫机台面上写作业，可以把两脚放在踏板上，虽然此时是蹬不动的，可我们总有办法，就是把侧面传送轮上的皮带摘下来，就可以蹬着绕空圈了。其实不为了写作业，就是为了满足好奇心，为了玩儿。

有时候，左邻右舍的人会拿着布料或衣服让母亲帮忙，母亲都是痛快地答应，在缝纫机欢快的节奏里，邻人的笑容也开放到了极致。我家的缝纫机，不仅给我们自己家，也给更多的人带来了方便和快乐。

母亲很爱护这台缝纫机，给它缝制了很精美的布套，下面还有一个小小的棉垫。每次用完，母亲都擦拭得干干净净，机身和台面都是亮得可以照见人影，也经常给一些地方上润滑油，所以用了好几年，还像新的一样。

缝纫机对我们小孩子的诱惑是极大的，而且一直不曾减少。母亲严厉要求我们不准碰触，除了写作业的时候。其实，我们也知道小孩子玩缝纫机有危险，可是越是不让碰，心里就越惦记着。

有一次父母去田里干活，我和两个姐姐就互相壮着胆儿，准备实践一下缝纫机。我们也很熟练地把机身从台面下翻上来，并固定住，大姐在针头上穿上线，又找来一块破布。于是，我们轮流上去操作，不过我们很小心，手离针头远远的，不敢像母亲离得那样近，生怕扎到手。直到那块破布被我们弄得满是线痕，才赶紧收拾起来，把缝纫机恢复原状，并一再互相叮嘱不能外传，才去玩别的。父母回来并没有发现异样，我们也就放下心来。

我们村里，确实有人家的孩子摆弄缝纫机时，被针头将手指穿透。我们去看时，都吓得够呛，对缝纫机也有了一种恐惧感。直到姐姐们在母亲的允许下，也能像模像样地在缝纫机上缝制一些东西时，我才淡去了那份恐惧，不过也失去了继续操作下去的乐趣。

缝纫机就这样走过了我的童年，走过一生中最快乐的时光，也走过了母亲最美的年华。可是，我们却永远也走不出母亲的温暖，一如当年母亲用缝纫机为我们缝制的衣服。然而现在再也听不到那"嗒嗒"声，那声音只能在回忆里，在梦里，依依响起，唤醒所有的幸福与欢乐。

火柴时光

　　那一日,女儿们读过《卖火柴的小女孩》,便讨论起火柴的事,事实上,她们并没有见过火柴。我去门前的小商店,还真有卖的,只是形状和外观与记忆中的千差万别。买回后,给女儿做示范,并告诉她们,在我小时候,火柴是一个家庭里必备之物,她们很是不理解。

　　那时的老火柴,很朴素,火柴盒的内盒是用极薄的木片糊上粗纸制成,盒的外套带有划磷的,则是用薄纸壳做成。火柴杆是木制,火柴头大大的,多是红色绿色,也有黑色的。我小时候有个谜语:"满屋娃娃,圆圆脑瓜,出门一滑,开朵红花。"就是说的火柴。捏住火柴杆,用火柴头在盒侧面的磷纸上一擦,"哧"的一声响,便爆出一朵火花,火柴杆便燃烧起来,空气中满是好闻的硫黄味儿。

　　在我们农村,那时候一般把火柴叫"洋火",就像"洋钉""洋蜡"一样,可能因为最早是外来物。火柴几乎是唯一的取火之物,做饭抽烟,点炉子点灯,都离不开它。而我们小孩子,也总是偷偷拿它来玩。比如说,把烟盒内层的锡纸用火烧一下,只留下薄薄一层的像金属片的纸,将两根火柴头对头紧挨着摆放其上,紧紧地卷起,只露出火柴杆。然后捏住一根杆,再划着一根火柴去烧被卷上的两个火柴头部位,片刻之后,"嗖"地一下,外面那根火柴杆便飞射出去,我们称之为"火箭"。还有一种我们用自行车链条自制的火药枪，也是以火柴为基本弹药，所以常被大人禁止。

听大人们说，更早的火柴并不同于现在的安全火柴，基本上稍有摩擦就着，在墙上，在鞋底儿上，一划就燃起，很方便也很危险。我们曾用当时火柴在墙上试，火柴头都碎掉了，也没能成功引燃。后来出了一种小扁盒的火柴，火柴盒就美观多了，颜色鲜艳，且印有各种图案，就连侧面的划磷都变成了许多小小的点。我记得火柴盒上的图案多是红楼十二钗、水浒一百单八将、唐僧师徒什么的，于是成了我们竞相收藏的东西，就像当时的烟盒糖纸一样，很是珍惜。

每一家的火炕上，都会放着一个小小的烟笸箩，里面装着烟叶、卷烟纸还有火柴。那时有不少大孩子，会玩花样划火柴。他们用一只手，不知把火柴盒怎么拿在手里，用拇指顶开盒，另两根手指便夹出一根火柴来，然后合上火柴盒，两根手指很神奇地一翻转，一下子就擦燃了，燃着的火柴依然夹在两指间，动作熟练得像弄打火机一样。我们极为羡慕，也曾偷偷练习，可是手都烫出了泡，也没能学会。

我们那时小学的寒暑假作业的题目也有许多和火柴有关的，或者摆什么图形，比如用几根火柴组成几个三角形一类，或者是摆成算式让移动一根火柴使等式成立，这里的移动很是奇妙，常令我们拍案叫绝。印象最深的，是用四根火柴组成一个"田"字，这曾让我们思考很久，最后认为是根本不可能的事。后来，叔叔来家里，听了这道题，拿着四根火柴摆弄。不大一会儿，他就叫我们，只见他把四根火柴捏在一起，上层两根下层两根，形成一个四棱柱，而从尾端看去，就会看到一个"田"字，我们深为叹服。于是，火柴又成了我们学习的道具。

少年时搬进县城里，我们呼兰县里有一个大大的火柴厂，呼兰火柴远销各地。于是，全县那时候几乎有一半的人家糊火柴盒，我家也糊过，从厂里领来各种原材料，没事时全家围坐在那儿糊盒，也成了人们的一项收入。想起曾经的火柴盒，如今就这样出自我们的手，有一种很特别的感受。

渐渐地，火柴从生活中淡去，现在商店卖的火柴，都是在一些特殊场合使用的，比如婚礼等。火柴再也不是必备之物，它已完成了自己的历史使命，带着微笑远去。很怀念轻擦时那一声轻响，怀念那一缕好闻的烟味儿，怀念火柴杆头儿上绽放的那朵美丽的花儿。它就一直长在生命深处，所以，那些遥远的岁月，在回望中，都那么明亮而美好。

站在炕梢的温暖

　　在遥远的故乡，在遥远的从前，滚热的土炕像一个温暖的怀抱，一直焐热着多年以后世事的苍凉。在记忆的土炕上，炕头是父亲的位置，而炕梢，就是我家的炕琴了。炕琴是用木料打制的装被褥用的类似立柜的东西，一般分为上下两层。一直不知道它为什么叫炕琴，和琴一点搭不上关系。后来查找资料，说是应该叫"炕榡"，总之就是那个发音了。

　　炕琴是我家里最早的一件家具，是父亲一个当木匠的朋友给打造的。那个炕琴通体是淡黄色，上层是对开的门，门上是玻璃画。我现在依然记得那四幅画，有一幅是杭州湖心亭，还有桂林山水，最边上的两小幅没有名字，都是山水亭阁。下层的门上都是烫画，就是用电烙铁在木板上烫出的画面，多是花草鱼虫类。炕琴最下面有一个长方形小横板，上面刻着那个木匠手写的两个字"上海"，还是照着父亲那块"上海牌"手表上的字写的。

　　白天的时候，被褥枕头都是叠整齐放在上层的，下层里则放着一些穿不到的衣物一类。每到晚上，把被褥从炕琴里搬出来铺好后，我们便争抢着爬进炕琴的上层，幸好我们小，三个人挤在里面，也没有压塌。在里面把门关上，世界就黑暗下来，在封闭的空间里，仿佛有着别样的乐趣。我们捉迷藏时，由于大家都习惯性地先找炕琴的里面，所以后来都不敢往里藏了。有一次，晚上大姐在炕琴的上层里睡了一夜的觉，把我和二姐羡慕坏了。后来，总算每人睡了一次，才算完事。

我家炕琴的上下两层之间，有一个很小的扁长空间，外面是两个小玻璃拉门，里面放的都是一些随手用到的东西，比如针线篓什么的。小玻璃拉门儿，平时也都是拉开的状态，我家的猫有时就会钻进里面去，呼呼大睡。我们便把拉门儿关上，猫醒来后用爪子挠抓着玻璃。而炕琴和炕面之间，会有极矮的空隙，我们有时久寻不见的一些东西就会藏在里面。闲着没事儿时，用手在里掏摸，总会有惊喜。

炕琴的顶部很高，离棚顶很近，我们站起来都够不到。所以上面放着一些很吸引我们的东西，其中最让我们惦记的，就是父亲的那把二胡。农村有二胡、喇叭的人家很少，所以那把二胡我们一直想玩一下。后来我们实在忍不住诱惑，有一次大人不在家，我们把板凳放在炕上，站上去把二胡拿了下来，吱吱呀呀地乱拉个够，然后再放回原处。

有时候，我会躺在炕上，看着炕琴门上的那些画出神。它们给我打开了最早的一扇窗，让我知道世界上还有那样如画般美丽的地方，让我心里有了憧憬和向往。记得三舅家的炕琴的门上，都是人物画——红楼十二钗。每次去三舅家里，看我注意看那些画，总会有人给我讲那些人物的故事。对于《红楼梦》最初的兴趣，就是从那时开始的。

我现在依然能够记起当年没事时，手抚摸在炕琴上的那种细微的感受，就像多年以后我回想起炕琴时，心里那种柔软的细腻。

当我家离开农村搬进县城时，那个炕琴并没有带走，而是送给了叔叔家。每次回来串门，看着熟悉的炕琴，便会觉得，在它的上面或下面，里面或外面，都满是我的回忆，盛装着曾经太多的过往，不可割舍遗忘的种种。

那一铺温暖的炕，父亲睡在炕头，是一种亲情上的厚重与依靠；炕琴就站在炕梢，是一种铭刻在生命深处的沉默的守候。父亲已经故去，那个炕琴也早已消失，都成为生命中永不再来的日子。可我会一直想念，一直。

生命深处的火盆

火盆已在记忆里渐行渐远，如岁月深处一只凝望的眼，那份温暖依然穿透时光的阻隔，落在我满是眷恋的心上。

黑龙江的冬天是让人难以想象的冷，特别是在几十年前，比之现在更要冷上许多。那时的农村还比较贫穷落后，火盆便成了每一家必备的取暖之物。火盆多为泥制，一般用黄土烧成，它就摆在火炕中央，盛着暖暖的思绪。

每日早起做过饭后，把灶坑里的余火扒出，装进火盆，压实，便有了一天的火热。好一些的人家，已有了铁制和铜制的火盆，可是我更钟情于泥火盆，它可以直接放在炕上，不必用支架撑着。它和火炕融为一体，我觉得热量也会源源不断。

冬季日短且无农事，全家人便围坐在土炕上，中间一盆红火，让每一颗心都充满了温暖。身下的土炕也是滚热，透过窗玻璃上未融尽的霜花，看到外面大雪飞扬，北风呼啦啦地吹动着窗棂，有一种人在天堂的感觉。我们小孩子便缠着祖父讲故事，那些不知多少年前的传说我们百听不厌，祖父长长的铜烟袋时而轻轻地在火盆上磕碰，抖搂掉烟灰，然后再挖上一袋新烟，伸进盆中的炭火里猛吸几下，嘴里吐出浓浓的烟雾，也吐出许多我们渴望着的故事。

我们小孩子常常不顾寒冷，走东家串西家，每一家都烧着火盆，一些老太太便会聚在某一家，团团围坐在炕上，每人一杆长烟袋，都伸向火盆。她们唠着那些千年不变的家常，猫就蜷卧在旁边，每一根亮亮的毛都惬意地映着点点的火光。我们冲进每一家，都是先奔火盆而去，几双小手拢在上面，待寒气去尽，才跑出房门。每一只火盆的片刻烘烤，都能让我们在冰雪里疯玩上好长时间。

祖父有一个精巧的铜酒壶，每到饭前，他都会将装满了酒的壶放在火盆里，就那么笑眯眯地看着。直到壶口喷出白气，才不顾烫地拿出放在炕桌上，等着美美地喝上几盅。

而我们最大的乐趣，则是把土豆埋进火盆里，然后就在旁边耐心地等。直到看到上面的一层浮灰出现小洞，才把土豆扒出来，已经熟透，剥去焦黑的皮，满屋都是淡甜的香气。或者趁大人不注意时，偷抓上一把黄豆扔进盆里，待其颜色变深，浮皮脆裂，急急地夹出。而玉米粒扔进火盆里，只片刻间，便全都"嘭"地爆开，于是细灰飞扬，弄得满头满脸。我们全不在意，心思全在火盆里那些吃的上。

火盆只在我的童年里存在短短几年时间，便被火炉取代。立在房子中间的火炉，更为火热，可是，却少了围坐在炕上的情趣。那只祖父亲手做成的火盆，黯然离开了火炕，蜷缩在仓房的角落里，落满尘埃。它的身上也龟裂了无数，偶有蛛网横陈，像那些支离破碎的往事。看着这一只不起眼的泥盆，很难想象它曾有着那么多火热的岁月，可它曾经盛装了太多家人的欢声笑语，盛装了太多的温暖。如今它已将所有的过往都沉淀成沉默，更久以后，再没人知道它是什么，它将自己慢慢地隐藏在岁月里。

用上火炉的第二年，祖父便去世了。常常想起在火盆旁他给我们讲的那些故事，便有一种直入人心的暖，就像火盆里不熄的炭火，一直一直，默默地燃烧在我眷恋的心里。

如今已经很少有人知道火盆，甚至连火炉也正被淡忘。可是，在我的心底，火盆永远燃烧着，就像曾经的无数个暖暖的冬日，它就存在于我的心里最柔软处，在世事风寒中，焐热生命的苍凉。

炕席托起的童年美梦

东北农村家家有火炕，而炕上铺的，就是炕席。炕席泛着金黄的色泽，平平整整，看着就给人一种温暖的感觉。白天的时候，都用笤帚扫得干干净净，阳光透窗而入，一种很温馨的氛围便弥漫开来。

不知多少代人，夜夜睡在炕席上，不知多少小孩，开始的时候在炕席上爬来爬去，更不知道多少老人，在炕席上笑着辞世。炕席记录着世世代代的悲欢，就像一页纸，写满了屋檐下的故事。当时只道是寻常之物，从不承想到有一天它会消失于岁月中，不承想到有一天会成为我心底永远的眷恋。

崭新的炕席色泽鲜活，仿佛映得整个屋子都亮堂起来。当它铺得久了，由于时间的缘故，再加上火炕的温度，颜色会慢慢变暗，炕头的部分，甚至会发黑。就像一张年轻的容颜，在时光的流逝中渐渐光彩不再。夏天的午后，我们就光着膀子躺在炕上睡觉，当一觉醒来，就互相指着对方背上被炕席印上的条纹，开怀而笑。而如今才发现，炕席已在我心上印下了永不消散的纹路，顺着它，就可以让心回到曾经的家。

我曾经看过一次炕席的诞生过程。在我们那里，炕席多是用高粱秆的外皮编成。前面的准备就是一个相当烦琐的过程，将弄得光溜溜的高粱秆用刀破成均匀的几段，我们那里叫"破篾子"。然后用石磙子反复碾压，再刮瓤，最后还要用水浸。当这些工序完成后，才是真正编席子的活。编炕席技术含量也很高，起头和收边儿最难，中间又不能弄断，编成"人"字形花纹。当一张炕席编好后，就开始了它的烟火历程。

炕席是一铺炕的衣服，看一户人家的炕席，就能看出这家人的精神状态。干净整洁的，零乱不堪的，都表明着一种对生活的态度。冬天的时候，正是农闲时节，大家便开始躲在家里"猫冬"，火炕上热乎，于是便坐满了人。女孩们在炕上玩"嘎啦哈"，男孩们有时会打扑克下棋，大人们则坐在那儿玩一种类似麻将的纸牌。有时候，就是一些要好的人，围坐在炕上，叼着烟袋，聊着闲天儿。屁股下的炕席滚热，北风夹着雪花扑落在窗玻璃上，一种很惬意的对比。

有一个场景一直在我心底，那就是全家人坐在炕席上搓玉米。金黄的玉米棒子散落在炕上，先用特制的工具在玉米棒子上划出几道沟，然后我们就用玉米瓢去搓。金黄的玉米粒从我们手间蹦落到炕席上，慢慢地堆积成一片欢乐的海洋。

到秋天的时候，一般都要扒炕，把火炕的炕面拆掉，清理炕洞里积存的灰尘，再重新砌上，以便冬天时炕更好烧更热。扒炕的时候，炕席便被卷起，立放在院子里的阳光下。趁大人们不注意，我们小孩子便把炕席卷打开，铺在院子里玩儿，或者把某个孩子卷进去立在那儿。那时浑然不想把炕席弄脏弄坏的事，只顾着我们自己的快乐。

炕席用得久了，也会破裂，或者韧性下降，某根断裂后支起小小的细刺。于是常有小孩子在炕上玩儿时被扎到，不过也不会在意，我们小的时候被割破划破是极常见也极正常的事，不会像现在的孩子和家长般大惊小怪。当破旧不堪的炕席结束它的使命之后，却不一定是真正的毫无用处了。除了会用它来盖院子里的一些东西，有时完整的部分还会被剪下来，做成别的小垫子一类。直到最后，它的痕迹彻底消失。

后来，地板革取代了炕席。到了现在，我不知道在农村还有没有那种古老的炕席，可我却一直怀念睡在它上面的感觉，它会轻拥着我，给我许多的美梦。没有了炕席，就再也没有了儿时那种安稳的梦境了。

悬挂在棚下的温暖之灯

　　小时候，一年得有半年的时间停电，于是家里的电灯就寂寞地悬挂在棚下，积满了灰尘。被人遗忘的时候，它就挂在那里，仿佛积蓄着光明，在某一天给我们不期然的惊喜。

　　那时由于经常停电，常使我们不记得电灯的事，只是有时躺在炕上时，抬头看见那只灯泡，会有一种不真实的感觉。所以蜡烛还是那个时候的常用之物，夜里点上蜡烛，映得高处的灯泡也像镀了一层亮光。我们就会回想起有电的日子，想起那满屋亮堂堂的情景，心里就会生起许多的期盼。

　　有个谜语："屋里有根藤，藤上结个瓜。一到太阳落，瓜里开红花。"说的就是电灯泡了。一根电线拉到棚上，最简单的灯头，灯泡拧上去，像个小小的瓜垂在那儿。那时的开关也简单，都是拉线式的，长长的细绳从高处顺墙垂下来，一拽之间就可开关。有的人家会把那根细绳加长，并在炕沿下面用个钉子拐过来，顺着炕沿一直到炕梢。这样就方便多了，夜里谁要起来，伸手就能拉到那根细绳，从而打开电灯。

　　当时的电灯泡，现在基本已经没有卖的了，现在的灯具已经尽善尽美，极为明亮，却是似乎没有了过去的温度。或许是自己的心情使然，总觉得过去的灯泡下，才有着一种温馨的家的感觉。

记得有个秋天，我在家里闲得无聊，就拉着那根开关的细绳玩儿，听着上面发出的"咔咔"声。忽然，再一次拉的时候，灯泡竟然亮了！当时我吓了一跳，足足愣了半分钟，才惊喜地大喊大叫。那个晚上，灯泡放出的光明照着每一张兴奋的脸，灯泡已经被擦得干干净净，此时正温暖地抚摸着我们。比之蜡烛，简直不可同日而语。

后来，停电的时候就越来越少了。电灯也长久地亮着，我们习以为常，不再有长久停电后突然来电的惊喜。每家的灯泡都很小，为了省电，六十瓦的还没有拳头大。我们曾仔细研究过灯泡，看着里面的灯丝轻轻颤动，看着通电后灯丝瞬间红亮得刺目。家里有灯泡坏时，是我们最高兴的时候，拿着那灯泡不停地玩儿。当时还不懂得什么吞灯泡的事，也并没有什么麻烦出现。只是有一次，一失手灯泡掉在地上，如爆炸般响。于是找到了新的乐趣，有坏灯泡玩够了就摔个响听。只是那时的灯泡质量真好，一年也不能坏上一个，所以我们的这份乐趣很持久。

过年的时候，家家都会换上大灯泡，一百瓦或者二百瓦的，此时的灯泡真像个小瓜一样大了，而且极为明亮，照得满屋都是喜庆的氛围。常记得儿时过年的场景，家里人极多，大灯泡放着雪亮的光，照着所有亲人的笑脸和满桌的饭菜。灯泡的温度也很高，越大的灯泡越热，离着很远就能感觉到烤手。现在想来，那样的盛况已经一去不返了。等过了元宵节，或者有的人家过了正月，大灯泡才被撤换下来，等着又一个新年时的绽放。

有一次在叔叔家里，看到灯泡的另一种用途。当时叔叔在人工孵化鸡蛋，他做了个玻璃箱，里面便接了个大灯泡，昼夜亮着，给鸡蛋加温。果然效果比在炕头上好许多，不过在那个年代，这个方法并没有被广泛应用。主要原因就是太费电，电费也挺贵的，有时会划不来。

后来日光灯管的出现，取代了普通的灯泡。再后来，更多美丽的灯走进千家万户。可是，不管过去了多少岁月，我依然想念当年家里棚下的那根藤，想念那根藤下结着的那个幸福的瓜。

第四辑

那些身影，凝结成生命中永远的幸福

风中的草鞋

从记事起，就常常看见爷爷坐在院子里编草鞋，他身旁的那一堆草，在午后的阳光下闪着细密的光。

爷爷是村里唯一穿着草鞋的人，每年天气一转暖，他便把草鞋拿出来放在阳光下晾晒。穿上草鞋的爷爷精神焕发，就像他当红军过草地的时候，穿着草鞋轻快地走在阳光里，仿佛那一双脚被囚禁了整个冬季，终于重获了自由。

我穿过爷爷编的草鞋，柔软清凉，说不出的舒服。爷爷说草一定要选好，那些干枯后却不失韧性的草，是最好的材料。爷爷那时干活多，整日在田里劳作，草鞋破损很快。可是爷爷并不担心，在家里还有许多双，而且闲暇时，他便坐在院子里编草鞋，有时蹲在一旁看着他，我会惊讶于那一双粗糙的手竟能如此地灵巧，把阳光，把那些过去的岁月都编了进去。

干了一天的活儿，爷爷回来的第一件事就是脱下草鞋，挂在院子里的树枝上。于是草鞋便在晚风中摇摇晃晃，那些浸透的汗水也挥发于无形，草鞋很快便又变得干爽了。爷爷夜里去院子里收鞋，怕凌晨的露水重新把它们打湿。躺在炕上，听到开门的声音，我就会坐起身来，看见那双草鞋在树影中摇曳着，然后一双手轻轻地把它们摘下。爷爷把草鞋捧在胸前，仰头看着天，静静地站上一会儿，才慢慢地踱回房去。那样的时刻，他也许又回想起曾经的岁月，在那些险山恶水中穿草鞋奔走如飞。

有一次，爷爷躺在炕上抽烟，由于太劳累，竟不知不觉地睡着了，手中的烟袋掉落在地上。而地上，堆着他编出的那些草鞋，于是很快燃烧起来，几十双草鞋最终化成了一堆灰烬。爷爷一边清扫着草灰，一边说："幸好外边树上还挂着一双，明天还有得穿！"我问："你辛辛苦苦了几个月编的草鞋一下子全烧没了，一点儿不心疼吗？"爷爷拍着我的头说："心疼什么？甸子上有那么多草，还怕没有草鞋吗？"果然，第二天爷爷便又开始编草鞋了。

后来我离开了家乡去外地上学，整个大学期间我只回来过一次。爷爷已经再也干不动活儿了，可是依然编着草鞋，那么多的岁月就在他指间流走了，那一双双草鞋里，浸透着爷爷一生的故事。

再后来，我在外地工作，起初的日子诸事不顺，梦想一一破灭。那些日子我心丧若死，为了逃避无所不在的伤痛，我又回到了故里。见到爷爷，我落泪了。如今的爷爷身患重病，几乎不能走路，只能拄着拐杖双脚一点一点地向前蹭着。刺痛我眼睛的，是他脚上的草鞋。

我向家里人倾诉了自己这些年来所有的失落与痛苦，爷爷在院子里编着草鞋，那些草都是爸爸从甸子上给他打回来的。那天午后，我像小时候那样蹲在那里看着爷爷，爷爷的双手再不像过去那么灵活了，动作缓慢而沉重。良久，爷爷放下手里的草鞋，抚着我的头说："那年，爷爷的一堆草鞋都烧没了！"我轻轻点头，爷爷接着说："你问我为啥不心疼，我说，甸子上有那么多草，还怕没有草鞋吗？孩子，只要你心里有奔头，还怕干不成事吗？"那一刻，我忽然泪流满面。

那个秋天，爷爷永远地走了。我们把他留下的那些草鞋在坟前焚化，满甸子的草一片金黄，可是，再没有一双手把它们编成鞋，再没有一双脚带着它们健步如飞。是的，长眠的爷爷再也不需要草鞋了。

许多年后的一个夏天，女儿拿着一本《红军的故事》问我："爸爸，草鞋真能穿吗？"那一瞬间，心中像起了雾一样，穿行着无数往事。而爷爷穿着草鞋的身影却越发地清晰，还有那个午后他对我说的那番话。那个晚上，我梦见了故园中的那棵树，还有树上那双随风摇晃着的草鞋……

肩上扁担，桶中流年

　　女儿只是在绕口令中知道的扁担，念着"扁担长板凳宽"一路成长，只是问起她扁担到底用来做什么，却也只是说得模模糊糊。在我儿时的岁月中，在乡下的生活里，扁担却是家家必备之物。

　　每天的清晨，村中的老井旁便排满了担水的乡亲。古老的辘轳摇起东方一轮红日，倾倒进铁水桶里。那时父亲便担着水回家，两个铁桶里的太阳被颤动的水花搅得支离破碎，一如童年五彩的日子。扁担就在父亲的肩上起伏着，发出一路咯吱的响声，于是所有的日子都灵动起来。

　　最初的时候，家里用的是一根竹扁担，似乎是从一根极粗的竹子上剖解出来，韧性极好，用了多年也不弯曲。后来，姥爷给我们做了一根榆木扁担。姥爷是木匠，手工精细，加上上好的榆木，扁担极美观，两端窄中间宽，打磨得光滑无比。就连两端垂下的铁钩，也是银亮亮的。这根新扁担取代了竹扁担，成了父亲每早担水之物。竹扁担并没有被抛弃，它接手了挑水以外的其他活计。

　　最喜欢在秋天的田野上，看人们忙碌的身影。有些庄稼被打成了粗粗高高的捆，人们就担着它们行走在田垄之上。远远望去，一根扁担的两端，就像载着两座不停跳动的小山。

　　父亲性情耿直，一生没做过什么亏心事。他并不高大，扁担竖起也要比他高上一截，有时会想他是怎样将那么重的两桶水一路担了许多年。也曾坐在父亲的肩上，看着那个小小人间的奇妙。觉得他的肩膀很有力，仿佛可以将整个房子托起。

第一次挑水时，很不得要领，只觉得那扁担压得肩膀生疼，举步维艰。也想使肩上的扁担颤起来，却更是控制不好，使得两个铁桶不安分地乱动，水也洒出许多。两只铁桶是用铁皮打轧而成，家家都用这样的水桶，摇晃起来发出清脆的响声。它们每天奔走在水井和家里的水缸之间，摇荡着四季的风霜雨雪。

父亲告诉我，不管多重，腰要挺直，抬脚时让扁担上扬，可以减轻水桶重量，落步时让扁担自然坠弯，并由此积蓄了再度上扬的力量。当我终于掌握了这种节奏，发现两桶水也并不是那么重，忽闪忽闪之间，反而体会到了一种欢畅的感觉。几趟水担下来，肩头就火辣辣地疼。父亲说，担久了就好了。现在想来，当年的那些日子，虽然艰苦沉重，却从未把人们的腰压弯，并努力让生活动起来，一种充满希望的节奏。

那根榆木扁担中间的部分，由于长年和肩头摩擦，被汗水浸染，颜色变得极深。一如被希望涂亮的日子，总有与众不同的片段。一年一年，时间就在那两只铁桶间流走，许多年过去，想来农村家家都有了自来水，扁担用得也少了吧！旧时的光阴如废弃了的老井，荒草丛生，而记忆如尘封的扁担，依然直直，就像父亲当年的身躯。

那么多的生活之重，并没有让父亲屈服，而岁月，却轻易压弯了他的腰。有一次，女儿又念起"扁担长板凳宽"，父亲听了，眼神飘忽了一下。那些生动的时光已走远，扁担也只能在我们的记忆里一路歌唱。一个夜里，便梦见了遥远的情景，扁担在父亲年轻的肩头颤动，两桶水也欢快地跳跃，揉碎了两轮红红的太阳。

磨盘碾过的岁月

去年回到家乡故居，又看见了庭中的那个磨盘，磨盘上的横杆已不见了，积满了岁月的尘埃。有些地方长了细细的青苔，上面散落着长风送来的落叶枯草，像一个垂暮的老人，静静地守候着不再喧闹的时光。

在我很小的时候，家里就守着这磨盘过日子。每天的凌晨，父亲就开始推磨了，磨盘吱吱地转动着，摇淡了星光，摇起了太阳，摇出了一个又一个如旧的清晨。就像所有的孩子一样，我惊奇地看着这磨盘碾出来的美好，黄澄澄的米粉，白花花的豆腐。只是那时还不知道，它在碾出生活希望的同时，也碾碎了父母最好的年华。

石磨由两层圆形的石板组成，两层的接合处都刻着条纹，粮食从上方的小孔进入两层之间，沿着那些条纹向外移动，当磨盘转动时，它们就被碾压成粉。两扇磨盘就架在一个石头台上，下面的磨盘是固定的，上面的磨盘是转动的。在上面的圆形磨盘上，有一个与盘面平行的贯通的圆孔，是用来横插木杆，推磨时用的。而且，上面磨盘还有一个与盘面垂直地贯通的圆孔，是用来漏下粮食的。使用时推动横杆，磨盘便会开始旋转，开始了它的工作。

每次拉完磨，母亲都要用水细心地清洗磨里磨外的残渣余屑，让它变得洁净无比。我曾细细地观察过这磨盘，石质细密，錾得很精细，*丝*

毫没有粗糙之感。我可以想象出石匠怎样地把一块块石头精雕细刻，怎样地冲洗打磨，才有了这样一盘盘完美的磨。我也知道，我最亲爱的人怎样地一斧一凿为我们砸碎艰难的日子，为我们雕刻出生活美好的希望。

在叔叔家里，我还看到过一种很小的石磨，用手就可摇动。用来磨一些少量的东西，很实用。比如什么干辣椒、芝麻、熟黄豆一类，很快捷方便。我还在别人家，看过另一种带碾子的磨。下面一个固定的很大的圆形石磨盘，上面放一个石碾子，这主要是给粮食去皮用的，就像场院里的碌碡一样。这是从古代流传下来的工艺，蕴含着劳动人民的智慧和力量。

那时，村里专门做豆腐的人家，是用毛驴拉磨。用毛驴作为动力，比人力效率要高得多。一块红布遮住毛驴的眼睛，它便开始不知疲累地一圈一圈地拉。有时候，我会花很长时间看着一头毛驴在那里拉磨，看着那走动的毛驴和旋转的磨盘直到头晕眼花。那时很好奇为什么要蒙上驴的眼睛，大人们告诉我，蒙上眼睛是为了不让它偷吃粮食。对于这个解释我一直难以相信。也有人说，驴被蒙上眼睛便不会觉得累，也很牵强。长大后，我专门在网上查了这个问题，普遍的解释是，当动物一直处于转圈状态时，很容易对方向产生错觉，就会晕，就会身体失去平衡。蒙上眼睛，因为看不到周围景物变化，便不会有这样的感觉了。等后来电磨兴起时，便再也没有了这些情趣和乐趣。

石磨就这样无怨无悔地旋转着，重复着枯燥的步伐，那该是它最辉煌的岁月吧！如今磨盘依然，而当年的推磨人却垂垂老矣，再也无力推动岁月的轮盘。他们和这磨盘一样，在暮霭苍茫中，于回忆中沉默着，任沧桑漫卷，静静地站成一帧被夕阳染红的风景。

我轻轻地抚摸着磨盘，二十多年的时光，它也变得粗糙了，就像青春红颜的少女变成两鬓苍苍的老妪。可那份亲切的手感没有改变，我缓缓地移动着手掌，一如触摸艰难岁月里最温暖的清晨。在那朝霞满天的时刻，石磨被映得灿烂无比，就像盛妆的少女，旋转出最美的舞姿。

　　故乡遥远，而回忆却是如此之近，二十年的光阴薄得就像一张纸，却隔断了天真与沧桑。可以清楚地回望，却永远无法——重来。那磨盘在心底依然缓缓地旋转着，把过往岁月中所有的点点滴滴都碾磨成感动与感激，让我的心于眷恋与回味之中，充满了温柔的谢意。

弯镰如月

　　那时家在农村，最常见的农具就是镰刀。在外屋的壁上，挂着好多把各种式样的镰刀，木把磨得发亮，刀锋雪白锋利，闪着寒光。基本每一把镰刀都有着固定的主人，家里人多劳力多，农具分配也是人手一把。

　　最喜欢秋天的时候，田地里一派热闹欢腾的景象，收庄稼的场景总是让人兴奋。欢声笑语，间杂着马鸣牛吼，车轮压动泥土的声响，交织成丰收的画面。我家人多地多，干活的时候，来帮忙的人不少，也有一些看热闹的，只因为我家有小姑，小姑叫如月，是村里最美的姑娘，吸引着那些小伙子纷纷来帮忙出力。小姑面冷，似乎很少笑过，在家里也是如此，却似乎反而增强了她的魅力。

　　我最爱看小姑挥舞镰刀收割庄稼的样子，她常穿一件水蓝色的短袖衫，一条淡绿的围巾护住头发，手上的镰刀飞旋如花，脚下就躺倒了一堆的庄稼。热了的时候，她会把围巾摘掉，露出一条黑亮的大辫子，在秋阳下闪着细密的光泽。小姑也是村里唯一读过高中的女孩，据说上学时学习很好。起初的时候，小姑和村里的一个小伙子关系极好，他们是同学，我曾看过小姑对他笑，那笑脸美得让人难忘。

　　后来似乎就等着媒人上门提亲定亲了，可是小姑终是没能等到。倒是两人从此断了交往，小姑一如既往地干活。只是在那个小伙子订亲的那天,小姑没有下田里干活,在家磨了一天的镰刀。小姑的镰刀与众不同,刀刃极弯,像天上的那个新月,刀柄也短些,把手处用红毛线细细地缠裹,很是漂亮。家里人担心了一整天,留下我们几个大些的孩子,看着小姑磨刀。可是小姑却再没有什么反常的举动,只是手指被割出了血。第二天又照常去收割,晚上的时候,我细看墙上挂着的小姑的镰刀,那把手上的红毛线被血染得暗红一片。

小姑日益地沉默寡言,似乎是无悲无喜。有一个晚上,我在院子里,在月亮下给几个堂弟堂妹讲故事,小姑坐在那块青石板上听着,抬头看着天上那半个月亮。忽然,小姑说:"你们看,这月亮像什么?"大家纷纷发挥着自己的想象,我记得那晚上的月亮有些发红发紫,也清楚地记得小姑后来说,那月亮像极了紫贝壳。那一年,小姑如月十九岁。

在记忆里,小姑还磨过一次镰刀,是那个小伙子结婚的时候。只是,这次没有割破自己的手,她一下一下地在磨石上反复地磨着,听着不绝于耳的唢呐声声,就像在伴奏一样。也是那一年,家里人给小姑订下了一门婚事,小姑默默地接受了,不喜亦不忧。可是这样一个最平常的婚事也终是成空,那个人家看不惯小姑冷漠的样子,便悔了婚。小姑也不在意。

有几年,村里的大姑娘小伙子都热衷于去城里打工,小姑也不为所动。我上初中那年,小姑结婚了。嫁了镇上一个年轻人,很憨厚的一个小伙子,当邮递员,十里八村地送信送电报。出嫁那天,小姑没有要家里的嫁妆,只是带着那把跟随了她好几年的镰刀。后来隐约听妈妈说过,那把镰刀,是当初和小姑好的那个小伙子亲手做的。

许多年以后,我看了很多很多的书,无意间了解了关于紫贝壳的所有传说和故事,无不深蕴着对美好爱情的一种渴望。便记起当年的那个晚上,小姑坐在青石板上,看着那半个紫色的月,无奈而又凄凉的样子。

前几年回到家乡,见到了小姑如月。她已经四十出头了,依然美丽,只是眼角也有了细细的皱纹。再也不见了当年的冷，她的笑意很暖，把我的整个童年记忆也都焐热。那是一个秋天，她陪我走在乡间的小路上，看着两旁田里挥舞镰刀干活的人们，她的眼神飘忽了一下。她曾经带着的那把弯月般的镰刀，我再也没有看见过。

是的，见到小姑的笑，就是最好的安慰、最幸福的结局了。

烟袋点亮朴素的岁月

那个时候，在我的记忆中，姥姥的烟袋最长，在烟袋锅里塞满烟丝后，将烟袋衔在嘴里，自己竟是无法用手够到烟袋锅。于是，给姥姥点烟袋就成了我们小孩子争抢着去做的事。那个情景很是让人留恋，擦着一根火柴，凑到烟袋锅上，姥姥便哑着嘴吸，随着她的吸，火柴上的火苗便倒了下去，要吸好几口之后，才能成功将一袋烟点燃。

在我的童年里，女人吸烟是极为常见的事。东北三大怪之一就是"大姑娘叼个大烟袋"，虽然夸张了些，但在那个年月，却也不是什么稀罕事。特别是冬天的时候，好些老太太小媳妇，坐在滚热的炕上，围着旺旺的火盆，好多杆大烟袋就开始吞云吐雾。

烟袋虽然外表上都差不多，只是长短不一，可是细看起来，却有着许多的不同。奶奶的烟袋最为贵重，烟袋锅和烟袋嘴儿都是绿色的玉石琢磨而成，而烟袋杆儿据说是很珍贵的一种木头做成，我早已忘记了是什么木，听说是祖传下来的。奶奶也极为爱惜她的宝贝烟袋，我们碰都不能碰一下，生怕不小心跌破。可是那杆烟袋终于还是出了事，记不得是因为什么事，当时奶奶极为生气，大声训斥着父亲几人，还不停地用烟袋锅敲打炕沿，于是忽然一下，烟袋锅就裂了。

仿佛和天塌下来差不多，在场的人全傻了眼。奶奶却没有表现出什么，只是淡淡地说："碎了就碎了，用什么烟袋还不一样抽烟？"虽然这样，父亲和叔叔们却都难放下。最后，还是父亲去城里配了一个烟袋锅回来，倒是和原来的挺像，也不知是不是玉。许多年以后，才听父亲说起，那是石头的。

更多的烟袋都是很普通的，铁制的锅儿和嘴儿，还有的是石头雕磨成的，好一些的就是铜的，连带烟袋杆儿都是铜的。爷爷的就是铜烟袋，而且爷爷特别随和，我们可以随便拿着他的烟袋玩儿，那烟袋由于长年的抚摸把玩，越发地金黄锃亮。闲暇时，爷爷就会把烟袋锅和烟袋嘴儿全卸下来，用一根细铁丝去通透烟袋杆里滞着的烟油。每一年，爷爷都会在园子周围种上许多烟草，秋天的时候，将烟叶子摘下挂在架子上晾晒，直到变得黄黄的、脆脆的。这可是家里的大人们一年的供给，在他们眼里，比粮食都重要。

最喜欢夏天的夜晚，我们一群小孩子坐在院子里的老树下，听爷爷讲故事。我们手里拿着大大的向日葵叶子，不停地扇打着蚊子，而爷爷抽上两袋烟后，故事就出来了。我们总是听得入了神，只看着烟袋锅上那一点火光忽明忽暗地闪烁，就像天上的星光。不知多少个那样的夜晚，不知多少那样的岁月，黑暗中爷爷闪光的烟袋，点亮了我们纯净的眼睛，点亮了我们心里美好的想象，也点亮了多年以后回望时那朴素岁月中的种种眷恋。

如今，我再难看见长长的烟袋了，即使回到农村老家，也基本没有老人抽烟袋。很怀念当年的那些老人，手里拿着烟袋，腰间系个装烟丝的布口袋，时不时将烟袋锅伸进烟口袋里挖上一锅，那个情景，很是让人流连。

真的，我多想也盘腿坐在滚热的炕头上，拿着烟袋狠吸几口，在辛辣的气息中，我的泪，一定会奔涌而出。

铡不断的岁月情深

铡刀在过去的农村是常见之物，虽不如其他农具使用频率高，却也是常用之工具，只是，并不是每家每户都有，一般用时去别人家借，就可以串开了。

那时我家倒是有一把铡刀，很大，似乎比别人家的都长些，刀身也更宽些，底槽是木头的，极为沉重。圆圆的木柄摸起来有一种特别的感觉，仿佛带着几代人手掌的温度，带着岁月的浑融。当然，这只是我在回望中才体会到的，当时年龄太小，只记得感觉，不知道追溯，不懂得回味。

爷爷没事时会把铡刀的刀片卸下来，在大磨石上不停地磨，磨得光可鉴人，仿佛吹毛立断。铡刀只有磨得极为锋利，才能干净利落地把东西切断。铡刀的作用很广泛，铡刀活里最注重技巧和熟练程度的，当数铡苫房草。苫房草长在村南广阔的大草甸里，秋天的时候，它们有一米多高，丛丛簇簇，茎秆富有韧性，圆柱形，中空，割下晒干，便成为金黄色。接下来，就是铡刀活儿。

一般是两个人配合着干，且都要有一定的熟练度和技术性。一个是不停往铡刀下续草的人，由于用来苫房，长短要求就极为严格，所以每次续草的时候，厉害的人几乎不用对比，铡出来的每一捆都一般长。负责铡的那个人，要下刀利落，铡过后，那些草的一侧就像一个平面般平整。

而且，续草人的进草速度和铡草人的下刀频率，要有着默契，才能把这活儿干好。

　　那个时候，每一家都是严禁我们小孩子碰触铡刀的，别的工具，还可以让我们拿着锻炼一下，只有铡刀，一直不让我们实践。铡刀是有着危险性的，这种事十里八村的经常出现。我们村里有一家，给马铡草料时，执刀的男人就把送草的女人的三根手指齐刷刷地切下一截！据说犯这样错误的人，也就是那个负责铡的人，会因此而落下心理阴影，以后更不敢执刀而铡。所以，一定要小心再小心！

　　更可怕的是，有一次，据说是邻村里发生了一件和铡刀有关的危险事，是几个孩子在一起玩儿闹出来的。听说，起初是几个孩子在一起讲故事，好像是讲《刘胡兰》还是包公断案龙头铡虎头铡一类的，反正都和铡刀有关。正好大人们都去田里干活，他们就把铡刀抬了出来，于是有扮好人有扮坏人的，便把一个孩子推到了铡刀下，眼瞅着要开铡了，大人正巧回来，及时制止，才避免了一出惨剧的上演。

　　听闻此事，各家对铡刀的看管更严格起来。所有的农具里，只有铡刀，我极少碰触。

　　后来，生活渐渐好转，家家都盖了砖瓦房，也大多买了拖拉机，于是苫房草用不到了，养牛马的也少了，铡刀便日复一日地闲置起来。慢慢地，刀刃不再光亮如镜，刀锋也不再锋利，底座的木头也开始腐朽。偶尔用到时，也是匆匆了事，再无以前的悉心打磨。它就这样淡出了我们的生活，渐渐被人遗忘。

　　现在想来，那些岁月也在铡刀的开合间流走了，锋利的刀刃终究是铡不断对那些时光的眷恋，眷恋曾经的那一双手，在刀柄上，在我心上，留下了永不冷却的温度。我知道，是我曾经的亲人，用布满老茧的手，铡断了贫穷岁月的阴暗，铡出了细细碎碎的幸福，让我在以后的几十年尘世风雨中，总会有着回望的温暖。

最美的"戒指"

　　小时候有个谜语，经常被人提起："不大不大，浑身尽把儿；不点儿不点儿，浑身尽眼儿。"打两个小东西，后一个就是顶针儿了。

　　顶针儿真是家喻户晓的东西，即使是现在，也常能看到。顶针儿身上密布着小小的坑儿，做工好些的，会在接口处有个小小的图案。几乎每一个人对于顶针儿的记忆，都和母亲有关。在每一家的针线笸箩里，顶针儿是必备之物，它就在缠线棒、纽扣和针之间，等着与手指的亲近。想想看，那时的妇女几乎都戴过顶针儿，年岁大的，细看她们的手，中指上都有着一圈痕迹，那是长年做针线活儿戴顶针儿留下的。

　　顶针儿一般是戴在中指上的，可能根据个人习惯不同而略有不同，在做针线活儿时，顶针儿上的小坑儿顶住针鼻儿，便能将针轻松地顶进要缝制的东西里，很方便实用。母亲那时的顶针儿有两三个，都是银色表面，闪闪发亮，有的由于用得年头太久，身上的小坑儿都渐渐地平了。这个时候就要换了，因为它不再能牢牢地顶住针鼻儿后端。曾经在别人家里，看见过一只金黄色的顶针儿，当时觉得很耀眼，便很羡慕，那家的小孩说是金子做的，我们也都傻傻地相信。

　　说起把顶针儿误认为戒指，这种事其实并不常见，虽然是在农村生活，可是戒指也是很常见之物。据老一辈人说，以前的金子银子首饰还是有不少的，虽然后来由于种种原因失去了许多，可是每一家都依然会留下一个两个。特别是有老太太的人家，基本都有戒指，所以说，即使是小孩子，也能分清顶针儿和戒指。不过现在想起来，当年戴在母亲手上的顶针儿，却是我眼中最美的戒指。

母亲闲暇时就会给我们姐弟几个做衣裳缝鞋帮儿，顶针儿在阳光或烛光下闪着光。那时觉得母亲很厉害，特别做缝鞋帮儿时，仿佛只是用顶针儿轻轻一顶，针就带着长长的线进去了。鞋帮儿通常是用袼褙做成的。袼褙就是把布一层叠一层用浆糊粘在一起，再糊在墙上或者面板的背面，在阳光下面晒，待干了后，就成了做鞋的原料，所以它们很硬。我那时曾经试过，即使戴着顶针儿，用尽了力气，才勉强把针顶进去。而母亲却是飞针走线，回想起来，母亲的那双手曾历经了多少生活的艰辛，却依然有力。

由此便显得缝新衣服时，母亲的针线极快，顶针儿在灵活的手指上依然闪亮，那些线便将布料连缀在一起。仿佛缝进去了阳光长风，仿佛缝进去了顶针儿的坚韧，也缝进去了母亲那双手的温暖。姐姐曾收集了母亲用过的好多顶针儿，用线穿在一起，就像是穿起了母亲所有操劳的时光，却都是闪闪发光，直入我们的心灵。

多年以后回望，母亲就像那顶针儿一般，不停地给我们以动力，帮助我们渡过眼前的难关。不管前方的路有多坎坷，母亲都在身后推着我们，让我们的心里充满希望，从而有信心有勇气，去刺破黑暗，去刺破艰难。

是的，关于顶针儿的记忆，真的都与母亲有关。

磨出岁月细细长

总有一种声音在梦境深处响起，如细细的雨洒落大地，如轻轻的风吹过满树的叶子，那"沙沙"的响声从遥远处传来，常常让梦里一片温暖。我知道，那是用磨石磨刀具的声音，曾经在成长的岁月中无数次响起，却又穿透如此漫长的光阴，落进我的梦里，落进我的心底。

那时的磨刀石还不是多精美，其实就是从外面捡来的适合磨刀的石头，略微打磨周整就可以了，每一家每一户都有，是生活中必不可少之物。我们更多地叫它们磨石，因为它们不仅可以用来磨各种刀具，还能磨许多东西。姥姥家的那块磨石很大，是长条形，在院子的仓房旁，就是挨着仓房门侧的那块大青石。

闲暇的时候，家里的大人会在磨石上磨镰刀或者铡刀等常用工具，磨的时候，要不停地在磨石上洒水，以降低刀具由于摩擦产生的高温，使刀具不变形。而磨东西最多的，就是姥爷，那块磨石也成了姥爷的最爱。

在晴好的天气，在没有活儿时，姥爷都会在磨石上细细地磨那些木匠工具，即使那些锛刨斧锯都已经很锋利，也依然磨得亮亮的。通常是在大磨石上先粗粗地磨一会儿，然后姥爷会拿出几块很小的细磨石，再细细地磨。常常是在午后，那"沙沙"的声音就会响起，那个时候，听着那熟悉的声音，竟会很安心，睡得无比踏实。可是在多年后，在某些酷似从前的午后，在睡梦中，猝然重逢之下，我竟从那美好的旧梦中惊醒。

那块石头由于长年的使用，表面已经失去了原来的平整，已经向下凹了很深，就像弯月的曲线。已不知姥爷守着它过了多久，石面上的工具已经换了多少茬，那一双粗糙的手与石面的细腻相对比，差距越来越大。

姥爷就这样磨走了无数春去秋来，磨得秋霜纷飞染白了发，磨得腰身同石面一起渐弯。而那"沙沙"声音也在老宅里响了无数的日子，将时光漾起无数涟漪，如今虽远隔千里，却依然波荡着我的心弦。

有那么一个中午，睡下，却没有听到姥爷磨刀时的声音，一时竟是睡意全无。出去看，磨石仍摆放在仓房的门侧，七月的阳光在上面驻足，却是不见姥爷的身影。很是担心，怕姥爷受伤。在这块磨石上，他的手不知被割破了多少次，那双满是老茧的手，被那些磨得飞快的刀具轻易地划破。于是满村去寻，却见姥爷正在一户人家，对着一堆木头挥汗如雨。

姥爷把一个刨刀递给我，让我回去帮他磨一下。我很兴奋地跑回家，学着姥爷的样子，在石面上洒上水，便沙沙地磨起来。如此近地听着手下发出的声音，有着一种巨大的亲切感。后来从乡下搬进城里，姥爷把磨石也带着，在城市的小院里，他也经常磨他那些再也用不到的木匠工具。声音如故，只是姥爷常常磨着磨着就停下来，身前的磨石亦默然，仿佛被无边的寂寞包围。

后来姥爷去世，又搬了几次家，那块磨石也不知失落在何处。可是那陪伴了我多年的声音，常在记忆深处响起，却从未在梦里出现。那"沙沙"的响声，就像轻快的脚步，只是一瞬间就跨过了无数时光。

又一个午后，再次于睡梦中听到熟悉的声音，醒来，那声音犹在耳畔。推窗看，小区里来了一个磨菜刀的老人，正在七月的阳光下，在一块磨石上，奋力地推动粗糙的双手。我找出了家里所有的刀具，就蹲在那里看老人磨，听那声音直入心灵，隔着那么遥远的岁月，又有了久违的宁静与安心。

那些补在心上的暖

　　前几个月回老家，收拾东西时，发现一个箱子里装的都是两个女儿很小时穿过的衣服。有一年的时间，两个女儿都是在奶奶家里。母亲对两个孙女的照料无微不至。一件件翻看那些小小的衣衫，仿佛女儿们成长的点滴在此处被补缀得极为完整。

　　而且，我发现，有的衣服上竟有着补丁。从没见过女儿穿过带补丁的衣服，我知道，那都是母亲后补上去的，虽然孩子们不会再穿，可是，她却依然让衣服完整。那补丁也比我记忆中童年衣服上的好看了许多，各种彩布，各种形状，有的与衣服浑然一体。看着这些补丁，仿佛看到了岁月深处，那些散碎的日月流年。

　　现在的孩子，再也没人穿着带补丁的衣服了，他们的新衣服那么多，就像每天都开出不同的花，却是见不到花儿的陈旧与破落。而我的儿时，在黑土地的乡下，本就不多的衣服上，却是常常带着补丁。仿佛我们成长的身体都带着尖刺，那些结实的粗布衣服都会被不经意地刺出一个伤口。于是补丁便开始在衣服上生长，一如那一堵土墙，在太阳的脚步移动中，上面渐渐开满了树影。

　　那时并没有觉得带补丁的衣服有多难看，我们都心安理得地穿着，在风起雨落中走过一年又一年。依然记得，在昏黄的烛灯下，母亲缝补的情景，满心的温暖。现在想来，虽然那时生活贫困，可是心里的幸福快乐，却从没有少过。那些补丁的色调和衣服本身虽然格格不入，却从没感觉别扭，反而补丁越多，越有些骄傲的情绪，觉得母亲比别人的母亲更勤劳。

后来，衣服上的补丁终于越来越少，就像那些曾经的花儿依次谢落，却再也不会重新绽放在我的岁月里，一种空落落的眷恋。再后来，成长的色彩弥漫，那些补丁也飘摇成很少想起的过往。去城里读高中后，所有的衣服上早已没有了补丁的痕迹。有一次，一件衣服在打球时划破，便没有再穿，周末时拿回了家里。母亲很是可惜地说，这么好的衣服，补补还能穿。只是，我固执地不让，母亲也没有不高兴，还说孩子长大了知道好看赖看了。

不久后，一个同样是家在农村的男生，有一天忽然穿了一件带补丁的衣服，那补丁就在肩上的显眼处。面对许多城里学生异样的目光，他就那么坦然地坐在教室里，眼睛清澈得像六月的河流。只是，那一刻，那块补丁却刺痛了我的心，自己很惭愧，仿佛丢掉了什么最珍贵的东西。

及至再回到家里，看着父亲穿着那件被我扔掉的衣服，衣服上的破处，是一块熟悉的补丁，心里再度疼痛。离那些无忧的岁月越来越远，有些丢掉的，却是怎么也找不回来。无比怀念母亲针线在衣上穿梭，是在十多年以后，我在一个工地上当力工。工作服经常破损，我就自己借来针线，没有可以用来缝补的布片，只好用线将破处边缀起来。想起曾经的童年，对比现在黯淡的心境，仿佛曾经的每一块补丁，都是我借以焐热寒冷境遇的温暖。

一个很暖的午后，母亲竟来工地看我，看着我身上七零八落的工作服，便立刻帮我脱了下来。在她随身携带的布包里，针头线脑，布片纽扣，一应俱全。隔着那么多的岁月，再次看到母亲为我缝补衣服，母亲专注的神情依旧，可是，那发间，却已是泛起了雪白。穿上母亲缝好的工作服，在工地上干活，心里一直涌动着暖意，忽然觉得，生活，并不是那么凄凉。

去年的时候，有一次和母亲逛街，忽然发现母亲一直盯着一个行人的衣服看，那是一件很新潮的衣服，肩上有一处是不同颜色的，极像缝上去的补丁。母亲就看着那一处，眼神飘忽着。我知道，她想起了曾经的日子，那些时光在她心上流过，如我般，留下了不可磨灭的印痕。

有一次，和一些朋友聚会，大家说起了童年，也说起了带补丁的衣服，从而说起了各自的母亲。其中一个，他的母亲刚刚过世一年，他听我们讲着，最后，他说，现在才在很痛的回忆中明白，失去了母亲，岁月便会有着永远弥补不了的苍凉。

是啊，母亲就是在我们艰难时，添进我们心头的一份暖，一如当年，她给我们缝下的那些补丁，幸福着所有成长的年月。

母爱是一根针

回想遥远的往事，努力想找出自己记忆中母亲最初的身影，她才发现，隔着那么多的岁月，母亲留给她的依然是在灯下飞针走线的情景。那时的母亲还很年轻，一针一线地给她缝制新鞋子、新衣服，还有上学的花书包。她常想起母亲的那双手，长年地干农活，那手已经粗糙无比，结满了老茧。可就是这样一双手，捏起细小的针，做起活儿来却那么灵巧。

十岁那年，她忽然就对针线活儿产生了兴趣，母亲做活儿的时候，她也会拿起一根针，穿上线，用一些小布头缝制一些小东西。起初笨手笨脚，常常被针刺了手，钻心的痛。有时她也会看见母亲被针刺了手，可是母亲浑然不觉般，继续穿向下一个针脚。后来，她终于也能把一手针线活练得熟练无比，可母亲却不让她做活儿，似乎只要她练会了就可以了。

读初中后在镇里住校，每星期回到家，母亲都会拉过她，仔细地看。夜里她有时醒来，看见母亲仍在灯下，拿着她的衣裤什么的，小心地缝着那些针脚松动的地方。在灯光下，母亲是那么安静，眼中只有针线，只有女儿的衣服。那样的时刻，她用被子蒙住头，心里涌起巨大的感动与幸福。

记不得是从什么时候开始，似乎是高中的时候吧，她开始发现母亲的苍老。虽然做活儿时仍然熟练，可是纫针的时候却很困难了，把线穿进小小的针孔里，成了最费力的事。她常常帮母亲纫针，轻轻地把线头一捻，对准针孔，一下子就穿进去，很有母亲当年的风范，母亲看了就舒心地笑。那时的母亲做针线活儿时已经戴上了花镜，可是似乎家里的针线活儿越来越少。日子渐渐好起来，即使在农村，也很少有人再自己缝制衣服，都是买来的时兴式样。母亲终于可以安闲了，她想。

可是，她每次回到家，母亲仍是习惯性地看她的衣裤，发现再也没有可以下针的地方，脸上就有了一丝失落。那已是她读大学时了，记得有一年放假回家，她穿了一件带纽扣的衣服，母亲眼睛一亮。然后母亲开始翻找针线盒子，这个时候家里已经搬到县城，可针线盒母亲一直都带着，虽然已经很少动用。找出了针线，她帮母亲纫上线，母亲拿过她脱下的衣服，把每个扣子又重钉了一遍。这时的母亲，脸上全是满足与微笑，不知是源于重操针线的幸福还是遂了终于可以再为女儿做活儿的心愿，那是她多年不曾见到的神情，她的心里也是暖暖的感动。

大学毕业后，她去了更遥远的一个城市工作，离家千里。那是极北的一个城市，冬季漫长而寒冷，那年的秋天，她收到了母亲寄来的包裹，那是一床厚厚的新棉被。她知道那是母亲怕她冷，特意为她做的。可是，还没等到冬天，母亲却走了。她回到家，再也看不到母亲，看不到母亲上下打量她的衣服的情景，想到曾经的许多许多，不禁悲从中来。母亲生病她是知道的，可是母亲却说小病没有事。她也没放在心上，正逢她刚工作的艰难时期，就没有回去看母亲。父亲告诉她，母亲在病中挣扎着给她缝棉被，眼睛几乎看不见了。她很难想象，那样的母亲，是怎样艰难地一针一线地把对女儿的爱都绵绵地缝进被里的。

回到工作的城市，她带回了母亲用了几十年的针线盒，那里面还存留着许多针和线，却再也没有一双手拿着它们灵巧地翻动。那个冬天无比的寒冷，一如她失去母亲的心境。母亲做的棉被，她一直不舍得盖。

终于在最冷的日子，她盖上那床棉被，一种柔软的温暖将她紧紧围绕。就像以前，一想到家中的母亲，心里就会暖暖如春。忽然，她觉得腿上一阵钻心的痛，开灯，掀开被子细看细摸，终于拽出了一根细细的针。她知道，母亲的眼睛不好，做好了被子，却忘了一根针在里面。

这一下的刺痛，瞬间引发了所有的思念和悲痛，那个寒冷的夜里，她拥着被子坐在床上，任泪水奔流。是啊，母爱就像那根小小的针，为儿女们缝制所有的美好与温暖，就算偶尔的刺痛，也是幸福的引线，是思念的开端。

难忘的风匣子

    它就静静地待在灶坑旁，在烟熏火燎的岁月里，母亲的容颜于火光明灭中渐渐苍老。一只手轻轻地摇动，它便吐出阵阵的风，向着那些燃着的柴火，向着老宅里的烟火光阴。

    风箱就这样度过着它的时光，在我们的老家，更习惯于称它为风匣子。最早的那种拉杆式的风箱，我印象并不深刻，仿佛在更遥远处。直到有一天，看到一个朋友写风箱的文章，里面提到一个谜语：刘备双剑进独城，毛头张飞在当中。三嘴两舌诸葛亮，三人定计火焚冷寒宫。心中便如同起了雾一样，穿行着无数往事。那样的风箱，只能在心里回望，而真正让我陪伴过并念念不忘的，却是那种手摇式的风匣子。

    手摇式的风匣子，是一个手轮，皮带传送，带动里面的叶片轮，从而吹出大量的风。比拉杆式的更省力，且是连续进风，效率更高些，所以后来被广泛使用。我家的那个风匣子，已记不清是哪里来的，只记得刚开始时，我和姐姐们在母亲做饭时，都争抢着去摇它。仿佛是一个玩具，是一种游戏，带着朴素的乐趣。现在想起来，别的都已淡去，而我们摇风匣子时母亲欣慰的笑容却越来越清晰。

    有时候我们摇得兴起，随着轮子飞快地转动，那风便越发猛烈，吹得灶膛里的火旺旺地燃烧，甚至吹得灰烬都扑了出来。这个时候，母亲就会嗔怪我们，我们便嬉笑着罢了手。甚至，我们会将风匣子捧到院子里，互相吹着。有时候会把传送的细皮带摇断，于是赶紧把风匣子送回原处，等大人问起时，便都说不知。母亲有时也会把风匣子搬在院子里，轻轻地摇动，把米在它前面洒落，吹去里面残留的皮壳儿。我们受到启发，每次吃饭时，如果饭太热，便会端到风匣前一通猛吹。

与拉杆式的风箱对比，这种手摇式的少了一种有节奏的声音。不过它也有着自己独特的声响，就像是冬天的北风呼啸，又似父亲的鼾声。每一天的清晨，当我们还在炕上酣睡，那声音便会悠然传进梦里。仿佛很温暖的一份感受，于是梦里便分外的宁和，就像在母亲的怀里，就像在父亲的身边。在那之后的许多年里，再也没有过那样安稳的美梦，那风匣子的声音，也只能在梦里出现，那份幸福安稳，也只能在梦里的梦里出现。

邻家的那个风匣子长得很可爱，很像一只蜗牛的样子。他家的三个孩子和我们差不多大，我们这些孩子也喜欢去他们家里玩儿，于是那个风匣子成了我们经常玩耍之物。有一次，他们家大人都下田里干活去了，我们玩得疯了，结果在争抢的过程中，风匣子落地，摔得四分五裂。我们一下子惊呆了，邻家的那个男孩却一声欢呼："总算看到里面什么样了！大家快看！"于是我们便不再害怕，纷纷蹲下身，去研究风匣子的奥秘。不知不觉间，邻家大人回来，我们还浑然不觉，待发觉时，发现邻家叔叔也在仔细地看着。我们大惊，可是没有等到训斥，邻家叔叔说："你们看明白了吗？我给你们讲讲？"于是开讲，我们也听得津津有味。讲过后，他又带着我们动手重新安装固定。看着我们亲手弄好的风匣子，心里涌起一种从未有过的自豪感。

去年的时候，去一个在远郊的朋友家里，闲着没事，便转到他们邻家去看狗，忽然在灶房里看到了风匣子，那一瞬间，仿若故友重逢，仿若时光逆转，心里的往事一下子便茂盛起来。我轻轻地摇了摇，仿佛依然是童年，在故乡，在老宅，那个风匣子流转着太多清澈的日月晨昏。而在那些流年里，母亲的身影也依然年轻着。离开邻家的时候，我就像从一个长长的梦里走出来，那难忘的风匣子，一直在心里摇着，吹开了数不尽的幸福和想念。

太公在此

　　在东北老家的家村，过年时家家院里都竖起一个高高的灯笼杆。灯笼是村庄的眼睛，是节日的点缀。暗夜里高高亮起的大红灯笼，守护着家园的喜庆与美好。那时候，家里竖灯笼杆做灯笼的活儿，都是爷爷干的。

　　有一年，我跟在爷爷身后，去村外的林子里折一个大树枝，回来后用彩纸在上面粘上绿叶红花，然后绑在一根长木杆的顶部。在地上挖坑埋杆，然后浇上水冻实，灯笼杆便稳稳地立在那儿了。灯笼杆通常倚墙而立，站成一种守候。一般灯笼杆都是年年使用的，闲时就放在背雨处，快过年时，它才走上自己的岗位。

　　每家的灯笼都不一样，条件好一点儿用买来的红纱灯，更多的是自己用红纸糊成的。那时我家的灯笼就是爷爷亲手制成的，最难的就是骨架。我家的灯笼是用竹批做的骨架，很圆。虽然别人家大多用钢筋焊成骨架，或者用铁丝自己扭成，可我更喜欢爷爷做的竹骨架，就像带着一种自然的气息，随着红红的灯光弥漫。

　　灯笼杆立起，灯笼也挂上了。这都是过年头一天的活儿，大年这日清晨，家里贴对联，爷爷便把一幅"太公在此"贴在灯笼杆上。那时年龄小，不懂为何要贴这样的四个字。问爷爷，爷爷说，太公就是姜子牙，拿着打神鞭封神的人，可是封到最后，竟然没有了自己的位置，只好屈身于灯笼杆了，也算守护一方。后来知道"太公在此"下面还有一句，叫"诸神退位"，民间将前四个字贴在灯笼杆上，更多的是想让姜尚吓退那些凶神恶煞，保一家平安。

爷爷在我印象中一直是一个精力充沛的老人，操劳了大半辈子，从城里到乡下，也算是经历过太多的变迁。虽然辗转坎坷，却从没见他有过犯愁的时候，即使家境最艰难的那些年，他依然是脸上带着笑容。他用自己的精神和体力，把一个屋顶慢慢地撑起。过年的时候，儿孙满堂，窗外的大红灯笼映出一片喜气洋洋，爷爷满足的神情让人难忘。

那时总是和别人家的孩子跑出去，挨家去看灯笼，比谁家的灯笼杆高，谁家的灯笼亮。有时也会发现，有的人家院里根本没有灯笼，觉得奇怪，就向爷爷询问。爷爷告诉我，有的人家，家里有人去世，守孝的三年中，过年是不能贴对联贴年画挂灯笼的，那是对逝者的一种敬挽和追思。

只是没有想到，后来我家里也有三年的时间没有竖起灯笼杆。因为爷爷去世了，那根做灯笼杆的木杆，就静静地躺在院子里，落满了雪。而爷爷当年忙碌着立灯笼杆的情景，却是历历在目，于是在新年喜庆的气息里，便有了怀念和遗憾。也渐渐明白，爷爷就如太公一般，真正地守护着一家的平安。有他在，一切都无须害怕，无须顾虑。而他走了，就如那根长长的灯笼杆，立了那么多年，终于安宁地卧在那里。

那年回乡过年，腊月二十九，父亲便带着我的两个女儿出去折树枝了。当高高的灯笼杆在女儿们的欢呼中竖起时，我忽然发现，如今的父亲，已是当年爷爷的年纪。窗外，两个女儿正缠着她们的爷爷问"太公在此"的意思，凝望着这一刻，心中风起云涌。风月无情人暗换啊，爷爷那一代人已经逝去，父亲也已垂垂老矣，我们家的太公，我们家的保护神，又换了一辈子。不变的，只有夜空中亮着的大红灯笼，年年将吉祥洒落。那一团红红的灯光，凝结成心底浓得化不开的感恩之情。

牛车往事

每当秋天，家里的黄牛便越发劳累起来，拉着那架破旧的木板车，往来于村口田间。父亲急促的鞭梢催赶着老牛四蹄下不紧不慢的岁月，仿佛走过无数时光，那些土路上的蹄痕车迹耐住了风雨的浸磨。

普通的一个木板车，很小，两个车轮也不大，车后面就是平板，要装较多的东西时，可以把四周的挡板竖起来。更多的时候，它就斜斜地站在墙角，两个木辕支撑在地上。它是如此的小，有时甚至就被当成手推车使用，每当推着它时，就会想起老黄牛的感受。牛沉默，偶尔的长鸣就像呼唤长路的斜阳；车也沉默，一路的车轮声仿佛轻唱一首古老的歌谣。

十二岁的我躺在满车的玉米棒上，空气中满是丰收的味道。仰望天上那一片片轻云，能细细地感觉到车轮在地上碾过的轻微震颤。或者在野甸上把干了的草拉回，将身体深深地陷进草堆之中，一片狭长的叶将碧蓝的天空不停地切割，呼吸间都是土地的芬芳。

许多年以后听到一首民谣："埋在干草堆里缓缓走入平原的样子，岔道口的风吹得杨树叶子哗啦啦地响，接着有雨点落下来，池塘里的鸭子追逐着天上落下来的雨泡……"悠远苍凉之中，透着一种遥遥的温暖。我也曾在牛车上经历过这样的情景，却没想到真的有一天，这一幕会成为生命中浓得永远化不开的眷恋。

最喜欢有月亮的晚上，坐着牛车去野甸子上拉干草。将成捆的干草装上车，高高的，然后就躺在顶上，在老牛缓缓的步伐中，摇摇晃晃。天上的月似乎更近，紧紧跟着我们的牛车。野外的路上漆黑无人，只有老牛沉重的蹄音。偶尔两旁的林中会有一座座荒坟，便悚然而惊，努力将身子钻进草堆里，生怕会从路旁冲出什么鬼怪。而父亲的鞭梢声清脆响起，便惊飞了所有的恐惧。及至看见村里的灯火，温暖便扑面而来。车板就像一张床，更像童年的悠车子，摇晃着岁月的眷恋。许多次，在上面入睡，梦里不知身在何方。

有一年腊月，城里有亲戚来我家过年，我们赶着牛车去镇上接。回来的时候，坐了一车的人，天寒地冻，牛也似乎极懈怠，走得极慢。大家都蜷缩在厚厚的棉被里，十八里的路，这个速度，想来就让人犯愁。叔叔冻得受不了，便下了车，在车旁小跑，牛见有人跑，竟然也小跑起来。这一发现让我们很是惊喜，于是轮流下车陪牛小跑，既加快了速度，也驱逐了寒冷。多年以后，当初坐着牛车的人都会记得这一情景，可是却天各一方，再也无法齐聚。

那头黄牛在我家许多年，陪着我们走过贫穷，走过寒冷，走过那么多难忘的岁月，却是一直默默。而木板车的左前方边沿上，是父亲赶车的位置，长年坐在那里，已经磨得光滑如镜。总会想起那时的父亲，长长的鞭子甩出漫天的脆响，仿佛身上有永远用不完的力气。而如今，父亲垂垂老矣，走路极缓极慢，像极了当年的老黄牛。

后来举家搬进城里，老牛和车也已变卖。自那以后再没坐过牛车，走过千山万水，世事沧桑中，才明白，当年那极慢极破的牛车上，才是心里最温暖最无忧的所在。

第五辑

过往里的点滴，是一生的流连

声音的温度

　　最遥远的记忆中，大喇叭是出现在刚刚记事的时候，也只是片段零散的记忆。那时应该还是有生产队的，在村北的大片农田里，全是劳动着的人们，黑土地在阳光下泛着亮亮的光，田地中间的电线杆上，就是两只大大的喇叭，播放着那个时代特有的歌曲。

　　大喇叭是那个年代每个村子都有的东西，它们置于高高的电线杆顶端，通常是两个或者多个在一起，喇叭口朝着不同的方向，后来仔细观察家里盛开的喇叭花，它们竟真的很相像。不过喇叭花儿吐出的是芬芳，大喇叭吐出的却是声音。

　　大喇叭发出声音之前，都是先会有短暂而刺耳的"吱吱"声，应该是手摸麦克风的静电感应。然后，喇叭里会传出各种通知，随风散入每个人的耳朵。

　　我们村里有好多个大喇叭，分布在村中四个电线杆上，这样就能保证每一家都能听得到声音。其实，对于村里干部那些唠叨，讲些政策讲些农业知识什么的，我们听得并不认真。

　　更多的时候，喇叭里会播放一些文艺节目，其实也就是二人转。二人转大人都喜欢，我们小孩子在长年的强制性灌输之下，虽不是很喜欢，但也都听得熟了，什么《马前泼水》《包公赔情》《大西厢》等，在那时都是耳熟能详的。

而更多人盼着的声音，却是每日午后大喇叭里传出的声音："大家注意了，念到名字的来大队取信！"那时的通讯多是通过信件，镇里的邮递员把各村的信件都送到大队，后来叫村部，然后大家去拿。每次念到有谁的信，我们都会竖起耳朵听。在人们心里，都很羡慕被念到的人，因为，有他的信来。信，是那个年代很温暖的问候，连带着喇叭里的声音也变得温暖起来。

我们小孩子最兴奋的，也是大人们最高兴的，就是在夏夜里，村里放映电影。黄昏时分，在大队的院子里，或者小学的操场上，有时也可能是平整的场院上，准备工作就开始了。竖起两个长杆子立稳，中间拉上银幕，然后，在杆子上挂上大喇叭。

看着那个同样的大喇叭，我们却是完全不同的心情，因为，它即将吐出的，是我们盼望着的声音。露天电影，也是生命中不可磨灭的眷恋。也只有这个时候，大喇叭才一致受全村人的喜爱，也是大家全都聚集在一起，倾听它所发出的美妙声音的时刻。

有时候，我们听烦了大喇叭里的声音，就会拿着弹弓站在电线杆下射它。时间久了，可以看见上面坑坑洼洼，可是它的声音依然穿透着所有的岁月，而它身上的那些伤痕，也成了心里美丽的点缀。

有时，大喇叭里会忽然传出小孩子的嬉闹声。我知道，那是一些孩子趁大队里的人不在，偷偷溜进去，打开麦克风，过一把瘾。有的孩子还会在大喇叭里唱上几句二人转，倒也字正腔圆，让人忍俊不禁。

后来，大喇叭虽然还在，可是每一家的屋里又安了一个小的喇叭，不再是通常的喇叭形状，而是四方形，更像现在的小音箱，这样，村里有什么通知，声音就走进了各家各户的屋里。只是相对比之下，我更怀念电线杆上的大喇叭，现在想来，虽然它的声音很失真，有时也很刺耳，可是穿透岁月的风尘，那声音里竟带着一种温度，直接印进生命深处。

多年以后，那些大喇叭依然站在我心底，却全是呼唤的形状。只是，我再也回不到曾经的年月，那些大喇叭就在心底响着，除了我，没人能听得见。

纸牌情深

过去的纸牌,遥远的时光,总在梦里一一涌来。那种纸牌不是扑克牌,是长条形,共 120 张,也分为"条饼万",玩法也和麻将差不多,比麻将少了东南西北风和中发白,却多了红花老千白花三种,而且,纸牌玩法中有亮"喜儿"一说。所谓的喜儿,就是三张牌的特定组合。

牌面上的两头是一些奇怪的图案,就如牌标一般,代表着每一张牌是几万、几条还是几饼,那些图案很特别,不过我们从小就接触,自然是极熟悉,根本不用看上面的字,就知道是一张什么牌。而最让我们着迷的,却是牌面上画着的水浒人物,姿态各异,栩栩如生,一百单八将,每人代表着一张牌。小时候,曾在本子上照着画那些图案,画得极为认真,有时会问大人们某个人物的故事,大人们就会随口讲上一段,《水浒传》的故事,就这样最早走进心里。

那时麻将还没兴起,扑克也只是年轻人的喜爱,纸牌则是中老年人的主要娱乐工具。特别是冬天时,人们清闲下来,老伙伴便相邀在某家滚热的火炕上,摆上炕桌,玩起了纸牌。在乡下,玩纸牌一般叫"砸锅儿",不知此称谓因何而来,多少把牌为"一锅儿"是有规定的。拿纸牌的方法也同扑克不一样,由于纸牌窄长,如果像拿扑克牌那样很费劲,通常都是竖着一张压一张那么执牌,手里也就三四叠,除了最底下的那张，每一张只露出极小的一部分，可是就那么小一点的牌面图案，人们就能看出是什么牌。我们小孩子有时也玩儿，不过不太会玩儿正常的打法，多是玩儿"对对和"，你出一张我出一张，遇上相同的就结成对放在自己这里，最后谁先出完谁赢。

没人的时候，老人们会坐在炕头，在炕席上自己摆纸牌，现在想来，那也算是一个人的玩法。摆纸牌通常有两种，一种是"大八门"，把纸牌摆满，分八个方向，再逐一拣去，哪个方向的先开，就说明哪个方向是吉祥的方向，都开说明都好。还有一种摆法也挺有意思，叫"红十二月"，一般都是在正月里玩的，要把纸牌里红色牌面的牌挑出来，摆成十二摞，代表着十二个月，哪个月能摆开，哪个月好。

玩纸牌的时候，有一趟喜儿叫红喜儿，是红花、白花和老千组成的，因为它们的牌标都是红色，所以叫红喜儿。那时每当人们亮出红喜儿，看着那一串的红，心里就会有着一种莫名的激动。多年后回想，那时的日子虽然清贫，却是最动人的红红火火，永远温暖着随着生活变迁而沧桑的心境。

那时也有人用纸牌来赌钱的，几乎每个村都有，那是真正的乌烟瘴气。民间有个传说，也不知道是真是假。说有一人好赌，一天晚上在外村喝酒归来，行走在路上，忽见路旁一小屋里亮灯，进去一看，几个人在用纸牌赌钱，一时赌瘾上来，便也参加进去，并大赢特赢。他揣着钱回到村里，已是后半夜，第二天睡醒去拿口袋里赢的钱，却都是冥币纸钱。才回想起，回家的路上并没有什么小屋，只经过一片坟地。这个与鬼玩牌的故事，几乎各地都有流传，可见纸牌魅力之大，连鬼都放不下。

纸牌渐行渐远，终于消散于生活中。现在看人们热火朝天地打麻将，远没有当年火炕上玩纸牌的氛围。再过些年，估计就更没人知道那种纸牌了，想念那些图案，那红红的喜儿，就像一直想念曾经纯真朴素的岁月。

扇摇乡间风

转忽间，这个夏日又渐远无踪了。在那些酷热的日子里，每有清风拂面，总会想起在乡下的时光，那些摇起一片凉风的扇子，在记忆中如一朵朵翻舞的蝶。

儿时的那些扇子，极朴素，有的已经不能称之为扇，只是在发挥着扇子的功能。最常见的，便是那种自己制作的蒲扇，把干黄的蒲叶用细线穿编起来，那些叶子金黄而狭长，做工好的团团圆圆，很是美观。每逢午后黄昏，在老树下，人们大多持着这种蒲扇，抽着烟袋，聊着那些不变的话题，每人面前都凉风涌动。也有人嫌做蒲扇麻烦，便用极薄的木板或硬纸板弄成扇子的模样，总之能扇风就行。在乡下的人群中，手持的扇子各不相同，却都是在用同样的动作摇动着，把岁月都摇动得生动起来。

也有一些心灵手巧的姑娘，会别出心裁地做扇子，那些扇子就好看多了，有的是用带花的布制成，也有的自己在上面绣上图案，把少女的情怀一针一针地绣进方寸之间。然后或用木条或用竹条制成扇框，把扇面缝在上面。那些女孩从自家的院子里走出来，小扇轻摇，仿佛天地间忽然充满了清凉。

我记得当时，我们也喜欢用纸制作折扇。折扇极少见，我们多是在电视上或者画上看到过。很喜欢折扇"哗"地打开或合上的潇洒，喜欢它的折叠。于是我们在一张纸上画上平行的线，宽窄相等，然后正一下反一下地折叠，最后形成像皱褶的样子。再从家里找来一些不用的筷子，用刀劈成薄薄窄窄的长条片，把它们固定在纸的折印上。最后把纸按原来的印折叠起来，用一枚烧红的针在长条片上同一端烫眼儿，穿上细铁丝固定，这样，折扇就制成了。过程很麻烦，而做出的折扇也没有想象中的好，通常是没玩几天，纸就断裂了。

在乡间，扇子还有一个特别的用途。在晚上的时候，人们聚在一起唠嗑，烟斗或烟袋还有粗粗的手卷烟便点亮了满天的星星，不抽烟的人手里都拿着扇子猛扇。夜幕长垂之际，虽然还是闷热，可是还没到狂扇扇子的程度。这个时候，人们主要是为了驱赶蚊子。抽烟的人周围烟雾缭绕，蚊子自是远遁，而不抽烟的人，在扇子的猛挥之下，蚊子也是无法停留。

那时在夏天的夜里，学校的院子里经常放映露天电影，那是我们这些孩子最喜欢的。天刚擦黑，我们就跑向学校。之前，大家都要去自家的菜园子里，折下一片向日葵的叶子。向日葵的叶子很大很阔，就像猪耳朵的形状，是天然的扇子，扇风不是很理想，可用来扑打蚊虫却是很好用。那些葵叶扇摇动起来，清风中带着青草般的淡香，仿佛行走于春郊绿野。电影散场的时候，地上会丢下一层绿绿的叶子。

在我的记忆中，家里有一把很古老的扇子，也是蒲扇，只是编得极小巧精致，虽然年代很长有些破损，可依然能看出最初的精美。在乡下，这样的扇子是很少见的。可是，那把扇子就握在爷爷的手中，只要有闲暇，便一刻不会稍离。就算在寒冬腊月，爷爷有时也会拿着那把扇子坐在炕上，却是不扇，只是那么拿着，脸上悠然神飞。我觉得那把扇子一定有什么重大意义，对爷爷来说，很少有他这么在意的东西。果然，听父亲说，那把扇子，是奶奶生前给爷爷亲手做的，奶奶去世得早，爷爷拿着那把蒲扇，其实正是在微风满怀之间回想曾经的那些岁月。

上次回乡，正是午后，在村中的老树下，依然聚着那么多人，手里执着的，还是记忆中的那些扇子，仿佛时光倒转，重叠着旧日的情怀。乡间的风像过去一样轻轻流淌，那些扇子如在水里摆动的鱼，逆流而上，追溯那些逝去的种种。

现在的扇子种类繁多，如花绽放，可在我心，独独钟情的，永远是乡间那些摇动着的朴素，还有爷爷的那把破蒲扇。那些过往，再无法如扇子般团团圆圆，可心中的风儿一直不曾间断，把我的回忆浸染得清清凉凉。如此回望，亦是无悔。

掸尽尘埃独自闲

    细细的竹竿常见，缤纷的鸡毛也常见，可是它们组合成的鸡毛掸子却越来越少见。而在我们的童年时期，鸡毛掸子却是每一家里极为常见常用之物。那时候有个谜语：生在鸡家湾，嫁到竹家滩；向来爱干净，常逛灰家山。把鸡毛掸子说得很是生动有情趣；宛若童话。

    长大后，明白了在这简单的鸡毛掸子上，还有许多科学道理存在，比如说用掸子掸尘很干净，其实是鸡毛轻摩产生静电，会吸附尘埃。而我的父辈我的乡亲们并不懂得这些道理，可他们却发现了这些用处，所以才会有那么多朴素而实用的工具出现。

    鸡毛掸子大部分时间是闲置的，除了工作时，一般都是静默在那里，光阴的脚步惊不动它身上那些最细的绒毛。大多数人家的掸子都斜插在大镜子后面的空隙里，像是墙上开出的一朵特别的花。说起花，有一些条件较好的人家，把掸子插在大花瓶里，或者别的什么瓶子里，这几乎是他们柜盖上的固定摆设。鸡毛掸子就这样不知不觉间，成了屋里的一抹风景。如果它有生命的话，就会在恬然间看窗外四季变换，看屋里人的变迁，不变的，只有挥动时的尘埃无踪。

    每一家的鸡毛掸子都不一样，因为都是自己制作的，所以各有千秋。有的做得粗糙，上面的鸡毛乱蓬蓬，有的则很精美。由于各家养的鸡毛色不一，有时一只鸡的毛不足以做一个掸子，便出现了掸子上颜色杂乱的现象。我在村里一户人家看过一个很美的掸子，把鸡毛的颜色分布得十分美观，顶层白色，下面依次为黄色、花色和黑色。我想，制作这样一个掸子的人，心里一定有着美好的希望。

掸子除了掸尘之外，有时也是我们小孩子的玩具，经常成为我们手里的刀剑，互相拼杀，斗得兴起，满屋鸡毛乱飞。于是接下来，掸子就有了另一个比较广泛的用途，而且是大人们用的，那就是打人。那个时候，哪家的男孩子没有被鸡毛掸子打过？大人们手握鸡毛，竹条做的柄抽打在我们屁股上，虽未尽力，却也是疼痛难忍。所以，和曾经的伙伴们一提起鸡毛掸子，首先想到的就是挨打，然后觉得身上某个部位有着特别的感受。

我记得有一年，村里的孩子们开始流行踢毽子，也都是自己制作。用几枚铜钱、几根鸡毛鸭毛或鹅毛，很容易就能做成。那时铜钱很多，鸡毛什么的似乎也不缺，当孩子们满院追逐鸡鸭过后，发现再难有翎毛脱落，此时便都不约而同地想到了鸡毛掸子。起初还小心地从密集处拔下来几根，可是每家孩子都多，每个人都拔，于是鸡毛掸子就变得很是有些不堪入目。结果，每家都有孩子被鸡毛掸子打得哭叫，至此，做毽子的热潮才悄然消退。

现在，在岁月走过了无数个四季后，偶尔也会在商店里看到鸡毛掸子，极精美，却再也无法与记忆中的印象重合。再也看不到尘埃在阳光下飞舞成密集的眷恋，也看不到各色的鸡毛幽幽地闪烁着迷人的光，当时光过后，过去的鸡毛掸子似乎彻底地闲了下来，在我无法碰触的角落。

可我知道，它一直在我心底，就像童年的那朵花，摇曳间，就拂尽了心上的尘埃，将回忆，将生命，都变得澄澈圣洁，一如那些遥远的岁月。

扣子是开在童年的花

　　有一天，忽然发现女儿所有的衣服上，扣子都极少，多是各种拉链，就是有几颗扣子，也是装饰点缀所用。便想起儿时，那时的衣服多为母亲缝制，扣子也是极朴素的，将衣服扣紧，焐暖了整个的童年。

　　母亲有一个小小的针线篓，里面除了针线，便是各种扣子。那些扣子大小不一，多是圆形，大多黑白两色，偶尔也有不同颜色的散落其中。这许多的扣子，都是从淘汰的旧衣服上拆下收集起来的，我们有时在路上拾到，也会捡回放进针线篓里。每日里和伙伴们疯玩儿，常常将衣服上的扣子弄丢。回到家中，母亲便会从篓里拣出一枚，给我缝上。看着母亲的针线在扣眼里穿来插去，并没有想到多年以后，我的心也成了一枚扣子，母亲的爱便是那根线，将我的生命维系在温暖的回忆里。

　　久而久之，我衣服上的扣子，便各不相同，却也没觉得有什么不美，反正别人也都是如此。姐姐的那些花衣服上的扣子，就要比我们男孩子的好看多了，虽然也是普通的形状，却是五颜六色。这很是让我羡慕，却也知道那些美丽的扣子是女孩子的专利，所以也只能那么羡慕着。有一次，姐姐新衣服上的五枚漂亮扣子丢了一枚，很难过，于是母亲便找来一枚红色的扣子钉上，虽然和其他扣子不搭配，却很好看，姐姐也是很高兴。

有一次家里的一块窗玻璃被我用石块击中，出现了许多条裂痕，母亲找来两枚扣子，在那些裂纹的中心处，里外各放一枚扣子，然后用线穿过玻璃将两枚扣子缝在一起，这样便将整块玻璃都固定住。现在我仍记得那两枚扣子，都是蓝色的，镶在我家的玻璃上许多年。天气晴好的日子，阳光照在玻璃上，每一条裂纹都闪着七彩的光，从中间的扣子处开始四散辐射开去，像极了一朵美丽的花。

当岁月如流水般消逝，童年中的那些扣子，如那片无瑕夜空中的星星，闪烁着无尽的眷恋。更像一朵朵朴素的花，开在洁白的时光里，馨香漫透光阴的河，仍时时给我以感动。童年中的那些扣子，已不知失落于何时何处，一如那些快乐无忧的日子。那些简单的扣子早已被取代，只是心中的温暖却永远如昨日。

前年，姐姐买了件衣服，很古朴的样式，难得的是上面居然有扣子。虽然那扣子很是精美，却依然让我看到了童年的身影。只是没穿几次，扣子便丢了一枚，同样的扣子无处去配，更不能像小时候般随便钉上一枚，姐姐虽然很喜欢这件衣服，却也只好将之收藏。有一天，她和母亲说起此事，母亲却笑着说："这有什么难的，把所有的扣子全换成一样的不就行了！"我们听了都是眼前一亮，姐姐更是迅速地买来一些更漂亮的扣子，把衣服上原来的扣子都更换掉。忽然想到，我们常常因为微小的失落而放弃一整件事，也常常因为放弃了一件事而使生活变得黯淡，想想母亲的话，便明白，有时更换一下角度，也会让生命焕然一新。

我知道，母亲并不知道这些大道理，虽然她和扣子打了半生的交道，却也只是缝缝补补间的智慧。可是正是因为这些朴素的道理，点亮了我生命中不曾触及的美好。于是，再回想起童年的扣子，便仿佛嗅到了那朵朵小花上散发出的新的芬芳。

蓝瓷碗盛不下

　　刚记事的时候，知道家里有一个宝贵的大碗，就摆放在高高碗橱的最顶层。那碗极大，在农村叫海碗，碗外壁全是蓝青色花纹图案，看上去很美。我们这些孩子不知多少次被警告，严禁够触那只碗。那碗平时并不使用，只在年节的时候，才会摆放在饭桌的正中央，我们每人都有幸吃上几口里面的菜肴。

　　年龄渐长，听家里人说，这碗是祖辈传下来的，称之为传家宝也并不为过。祖父那时就常小心地捧着那碗细细端详，想来应该是极珍贵的，不知道多少年传下来，碗上连个缺口都没有，可见每一代人都是细心地呵护。村里人也都知道我家有这么个宝贝，也常有人上门来观赏，那样的时刻，我们脸上全是自豪的神情。虽然那时家里很贫困，可是因为有了此碗的存在，我们走在村里腰杆都挺得很直。

　　渐渐地，我们惊喜地发现，蓝瓷碗竟还有着许多意想不到的神奇作用。有一次我生病，上吐下泻，吃了许多药也不见好。这个时候，祖父请出了蓝瓷碗，把捣碎的蒜汁放进去，让我喝下。那是我第一次亲手碰触这个宝贝碗，竟顾不上蒜汁的辛辣，一口气全喝了下去。说来也怪，当晚就止了泻，第二天就恢复了正常。蓝瓷碗诸如此类的神奇事件还有许多，比如用它盛上少许酒，放入一片止痛片，把酒点燃，待药片化开后喝掉，不知治好了我们多少次的头疼感冒。蓝瓷碗在我们的心里愈加神秘，就像看小说里的那些法宝。

后来，此碗引起了风波，险些毁于一旦。祖父极疼爱姑姑，姑姑出嫁时，祖父曾想将此碗作为嫁妆，于是引发了家里人的强烈不满和抗议，大家都认为这是全家共有的宝贝，谁也不能独占，除非卖了钱平分。祖父先是笑，后是气，最后当着全家人的面高高举起碗要摔掉。姑姑拼命阻拦，才抢下了宝碗，姑姑说："我不要这碗，大家都和和气气的比什么都好！"于是蓝瓷碗躲过了一劫，仍高居于碗橱之上。只是总见祖父盯着它，眼神中透着复杂的光。

听父亲说，在动乱年代，祖父去当兵，多年不曾回来，是祖母一直保护着蓝瓷碗，不管怎样颠沛流离，都不曾离弃。而且"文革"时，祖父被批斗劳改，也是祖母护着这只碗，虽然那时家里东西大多被摔砸得稀烂，此碗却完好无损。

祖母在我未出生时就已经去世，想来她应该是一个很精明且执着的女人。那些年中没有男人在身边，她拖着一家老小从关里到关外，竟是不曾丢掉任何一个人，这是男人都极难做到的事。每当提起祖母，祖父都会眯眼看着蓝瓷碗，目光里满是柔和的色彩。

我初中毕业那一年，父亲要搬进县城，于是面临着分家。祖父谁都不想跟，自己单过，于是叔叔们开始讨论家产的分配事宜。实际上生活虽然比以前强了许多，却也没有什么家底，大家心之所系的，只有那蓝瓷碗。为此，叔叔们还背着祖父，拿着碗去县城里找懂行的人看了看，回来后都一脸喜色，说了些半通不通的术语，总而言之就是很值钱。只是祖父不发话，谁也不敢打这碗的主意。

一个冬天的下午，家族里的人全都聚在一起，因为祖父终于要拿出意见了，我们这些小孩子也都站在一旁听着。祖父手捧蓝瓷碗，缓缓看了看他的子女们，说："这碗你们都知道，是你们的妈留下来的，那些年她拉扯着你们走到这儿，不容易！"一提起祖母，大家的脸上全是想念，眼中都闪着泪光。祖父接着说："我知道，你们都把它当成宝贝，而我也确实把它当成了宝贝。不过，今天我告诉你们，这碗其实并不值钱，它只是那个年代最平常的碗。可它的确是咱们家的宝贝，那时你们都小，可能不记得了，你们的妈，当年，就是拿着这个碗，一路讨饭把你们养活，把你们带过来！所以说我把它当成了宝贝，和你们想的宝贝不一样！"

听了祖父的话，大家全沉默了，没有人不信祖父的话，因为祖父一生都不说谎。最后，大家擦干了脸上的泪，表示要继续保存着这只碗，一直传下去，因为那是真正的宝贝！

如今，蓝瓷碗仍存放在老叔的家里，依然美丽没有裂痕，那碗虽然空空，却是盛满了祖母当年的爱，和我们不尽的感恩之情。

帽里流年

在遥远的时光里，在岁月深处的故乡，我记得每一顶帽子飘摇过的日子。仿佛散落在记忆里的片片云朵，承载着我太多的眷恋和往事。

那个年代的乡下，男人们都喜欢戴帽子，四时如轮，就像季节的头饰，盘桓于东南西北风里。祖父有一顶自编的草帽，行走在夏日的大地上，大朵大朵的阳光便栖在草帽上，洇染着金黄的草气。一天下来，虽然不知经过了多少次出汗和晒干的重复，草帽仍汗津津的，祖父便把它挂在院里的老树枝上，任长风携着晚霞不停地将其轻抚。夜幕下来时，祖父将草帽取回，躲避着悄悄滋生的露水。

有一个情景常出现在梦里。正午的时候，祖父坐在地头的树荫下，阳光流淌在不远处，他一手持着长长的烟袋，另一只手拿着草帽轻轻挥舞，额上的汗便在微凉的风里渐渐消散。身畔的瓦罐里，盛着清凉的井水，透出一种沧桑的况味。

春秋两季，祖父常戴一顶古老的前进帽，深蓝色，帽檐与帽子的前上部连在一起，就像不可分割的过往和现在。后来，祖父年纪越来越大，干不动农活的时候，便倚在门前的矮墙上，西风吹得落叶如往事聚散。祖父的目光就望向遥远处，岁月在土墙上斑驳，帽子已盖不住他的白发。或者傍晚的时候，村里的老年人便聚在夕阳下的井台旁，各自的烟袋点亮着暮年的岁月，他们的帽子各不相同，都被时光冲洗得褪了色，一如不变的年岁洗白了他们的发。

儿时的冬天比现在更为寒冷，一夜之间大雪封门的现象极为常见。我们出门时，都会戴着厚厚的棉帽子。那是最原始的棉帽，手工做成，里面是厚厚的棉花，下面的带子一系，便严严实实地盖住脸和头顶。祖父的棉帽是狗皮帽子，长长的毛柔软地贴在脸上，很温暖的感觉。他常常走在风雪之中，口中呵出的雾气将帽子的毛染成白霜。虽然后来那种人造毛的棉帽开始流行，但那种深褐色的人造毛远不如狗皮帽子更能给人以温暖舒适的感受。

我在童年，也曾拥有过许多顶帽子。起初是很平常的那种单帽子，后来流行一种八角帽，又叫解放帽，帽檐外口呈八角形，极像电影上看到的八路军戴的，极威武。那时候家里很穷，我只能看着别的孩子神气活现地炫耀。后来，姐姐拆了一件酱色的毛衣，用毛线给我勾织了一顶八角帽，并缝了个红五星上去。这让我爱若至宝，特别是那枚用红线缝成的五星，让小伙伴们羡慕得不得了。

夏天的时候，总有很有趣的现象。邻家的孩子家里更穷，什么帽子都没有。在辽阔的大草甸里，我们像脱笼的鸟，戴着各样的帽子，只有那个孩子头上什么都没有。有一次，他竟折了许多柳条草叶什么的，编了一个帽子戴上，立即羡煞了我们。而那些女孩子受此启发，也采了许多花枝编成帽子，那是真正的花冠，美艳无比。

去年回乡，见到了曾经的邻家孩子，如今也已是风霜满面的中年人。提起往事，他的眼里迷蒙了一下。当年那些自编的帽子，早已枯萎于往事的风里，就像那些绝美的年华随岁月的浪花消逝。

少年时搬进县城里，冬天似乎也没有那么寒冷了。城里的孩子都不戴厚厚的棉帽，那时流行那种很薄的绿色棉军帽，很方整，通常不把帽子两翼放下，更显得精神。帽上带"八一"的金属红五星却要摘下来，从里面重新安上，这样外面就是一个金黄的小螺丝。那时都这样戴，也不知起于何时何人。我后来有幸也有了一顶这样的棉军帽，只是没神气几天，就在一次上学的途中，被一骑着自行车的人顺手摘下，扬长而去。

　　如今已极少戴帽子，即使在冬天，也光着头。在夏天，人们的各种凉帽盛开成另一种风景，却是我成长中无法触及的种种。那些记忆中的帽子，虽已远去成回首间的沧桑，却都盛满了盈盈的岁月，每一想起，温暖无限。

梳齿间的细光阴

　　木梳是长发的情人，青丝细齿，日日相伴，流淌着无数的雨夕花朝。遥想间，那样的情景总是动人心神，轩窗独倚，红花红颜，长发如瀑，翠梳游走，便醉了光阴。

　　"朝梳和叠云，到暮不成雨。一日变千丝，只作愁机杼。"这是宋代曹彦约《朝梳怨》中的前四句。一个孤独的女子，晨昏间的情思流露，寂寞中透着哀怨。木梳也成了机杼，却是青丝难纺，成了轻愁往复的寄托。

　　在我的童年里，木梳是很普通很平凡的东西，没有古时的那种精致，也没有现在的那些样式，就是木头的，形如弯月，经常照耀着姐姐们的一头长发。不过，有一次，我却发现了一把很特别的梳子。那是去叔叔家里，正是冬天，奶奶坐在滚热的炕头上，把盘成髻的白发散开，拿着一把极小巧的梳子慢慢地梳着。阳光从窗外照进来，在梳子与白发的交错间欢快地舞蹈。

　　那是一把银制的小梳子，由于长年的把触，已被抚摩得极为光滑，带着掌心的温度。现在想起，依然记得它在奶奶的发间穿行的样子，银梳银发，带着穿透重重岁月的芬芳，在时光深处，蕴敛成我心底永远的眷恋。

　　家里有两把木梳，不知是什么木头制成的，原来的颜色褪尽，呈现出一种淡淡的黄色。两个姐姐一人一把，每天早晨，她们对着木柜上面墙壁挂着的大镜子，梳那一头长发。那时很是羡慕，如果男孩子也能留头发，是不是就能体会那一种感受了？有时也偷偷拿起木梳，在短短的头发上轻梳几下，镜中却是失望的脸。

那时邻家姐姐的头发最长最黑，我常去看她梳头。那是一把很厚的红色木梳，梳齿也很粗，每一梳起，长发如水般从齿缝间泻落。邻家姐姐长得美，明眸皓齿，人很聪明，却是家里贫困，从没上过学。我常去她家里玩儿，她很喜欢我，每一次去，都让我教她认字写字。有时，她梳头时，我便要过木梳，给她轻轻地梳，她静静地笑，发丝流过我的手面，一如她的浅笑流过我的心底。

后来，家里的木梳终于断了几根齿，如残年的老人笑时露出的牙，沧桑中透着一种温暖。姐姐们依然舍不得换新的，也许，几年来一直用它，有了感情。我一直很少看见母亲梳头发，可是母亲的头发并不凌乱。后来才知道，母亲起得极早，木梳在她发间游动的时候，我们依然在梦乡里沉迷。母亲就是这样，把第一缕晨光梳进发中，一年年，木梳在时光里老去，也梳白了母亲的一头黑发。

邻家姐姐终于出嫁了。那一天，我早早地去她家里看热闹，她一点儿都不开心，见到我，说，再也不能和小弟学写字了！上了接亲的马车，她让我坐在她身边，秋天的风依然吹动她的长发，发丝拂在我的脸上，有一种想哭的冲动。

在新房里，她坐在炕上，一个儿女双全有福气的老奶奶给她梳头发，依然是那把厚厚的红木梳。这是我们这里的婚俗，邻家姐姐的长发散落，老奶奶就在后面一下一下梳着，嘴里还念叨着：一梳梳到尾，二梳白发齐眉，三梳儿孙满地……邻家姐姐的眼睛红红的，却没有眼泪滴下。

再后来，姐姐们也相继出嫁，梳子在那样的时刻在她们的发间轻轻游走，依然是不变的歌谣，依然是一种告别。少女的岁月在梳齿间流走，迎面而来的，却是无尽时光的沧桑，直到白了发。

可是，梳子却记得那些青丝变白发的所有时光所有细节，它把所有的岁月所有的心绪都梳理得细且长，是我们回望时，那些丝丝缕缕的暖汇成的温暖之潮。那些梳子，若如机杼，便会将那些琐碎的光阴编织成心底最美的画卷，每一流连，神飞无限。

母亲的扑满

　　那个扑满是真正意义上的扑满，是母亲用黏土在灶火中烧制而成的，而母亲也并不知道它叫扑满，只是叫它存钱罐。小时候母亲总是用黏土在灶火里给我们烧制一些小动物，带孔，而且能吹出声响来。可是扑满却做得没有什么工艺性，只是一个中空肚圆的东西，上面有一条塞硬币的缝隙。

　　扑满就摆在家里的木柜上，有两只碗合在一起那么大。那个年代，家里并不是很富裕，不过扑满里还是装着许多一分、二分和五分的硬币。我们有时也会把硬币塞进去，听着那清脆的撞击声，心里就会很高兴。母亲从没和我们说过那些钱要做什么，可我们都是乐此不疲地往扑满里塞硬币，还时常拿起摇晃几下。当扑满肚里装满，母亲就会再烧制一个，而满了的，却不知被她藏到何处。

　　第一次看见母亲摔扑满，是在刚上小学的时候。那时大姐也刚升入初中，正是开学的时候，二姐和哥哥也都在上学，学费加起来不少。母亲从柜里掏出一个扑满，在我们惊奇的目光中，摔在地上，扑满破碎，那些硬币就欢快地飞散出来。我们都蹲在地上，捡拾那些硬币，一边捡一边数。最后还差了些，母亲就又摔了一个，等够我们的学费书本费什么的之后，就把剩下的都塞进柜子上的扑满里。那几年里，不知摔了多少个扑满，我们就是靠着扑满里那些硬币，才一直把书念下去。

有一年，城里的姨妈带表哥来我家串门，表哥看了我们的扑满之后竟是非常喜欢，非要一个，母亲当天就给他烧制了一个，他爱不释手，看得我们直乐。不久后，表哥给我们寄来一个崭新的储钱罐，瓷的，一头小肥猪，上面有塞硬币的孔，下面还有往外拿钱的小门。虽然喜欢，可我们并没有往它里面塞钱，只是把它摆在那里饿着肚子，而它旁边的扑满则饱饱的。母亲也说，这东西不适合存钱，因为随时可以把钱拿出来，还是只存不能取才好。

那些扑满都是经母亲的手打破的，只有一次是在没装满钱的情况下摔碎。那时我已快小学毕业，哥哥也才中考完，考得不理想，只考上了镇里的高中。他不想再继续读书，就提出要回家帮爸妈种地。妈妈第一次发怒，她把柜上的扑满猛地划拉到地上，一声巨响，半罐硬币随着碎片四溅。母亲说："你们都不上学才好，我就不用辛苦往这里面放钱了！"哥哥垂头不语，后来他伏下身，把那些硬币一枚枚地捡起来，然后对母亲说："妈，你再做一个存钱罐吧！"

哥哥终是没有辍学，我们几个一直都在上学，而家里的农活，妈妈也极少让我们插手。我们发现，后来的一些年中，那些扑满摔碎后，除了一些硬币，还有一些纸钞，从一角到五元的都有。因为我们都上了中学后，用钱更多，单是那些硬币已经不够，母亲就尽量把更多的钱存进去。等我上高中的时候，家里经济条件好转，母亲再没烧制过扑满。不知她所藏的扑满还有没有，只是在柜子上，依然摆着一只，我曾经拿起摇晃过，里面没有硬币碰撞的声音，是个空的。也许，母亲是为了留作纪念吧。

再后来，我大学毕业，在外地工作，哥哥姐姐们也早已成家。有一年回家过年，大家提起往事，竟都很想念曾经的那些扑满。然后，我们拿起柜上依然摆着的那只扑满，里面还是空空的。母亲在一旁笑着听我们说话，姐姐家的外甥女玩着那只扑满，很是惊喜的样子。忽然，外甥女一失手，扑满掉在地上，很清脆的一声响。我们全呆住了。姐姐就要打孩子，母亲忙拉住，说："什么好东西？赶明儿再烧一个就行了！"

外甥女忽然说："看，里面有东西！"我们全向地上看去，扑满的碎片散落，却是有许多折成很窄的字条。捡起，展开一看，我们再一次全愣住，那竟是我们几个从小学到高中时的成绩单！母亲把那些字条接过来，收好，第二天，母亲果然冒着严寒出去挖回冻的黏土，化开后，重又做了一个扑满放在灶火里烧。做成后，把那些成绩单又塞了进去。

如今，我的书柜里也摆着一只扑满，那是我和哥哥姐姐们让母亲为我们烧制的，只是，我却不知道该往里面存入什么。虽然它一直空着，可是我知道，它里面装满着对母亲的思念，一如母亲当年的那些扑满，装满了对我们的爱。

走不出布鞋的脚

在我眼前，总是晃动着一双双的脚，筋骨裸露的，健步如飞的，颤抖的，蹦跳的，都是在走着，然后我注意到那些鞋，布的皮的，干净的风尘的。每一双脚都被桎梏在一双鞋里，脚带着鞋移动在路上。

回想起来，这三十多年中，我穿过了太多的鞋。许多鞋在印象中化作虚无，就如回望前尘，有些足迹早已被烟云湮没。可是我却记得那一双布鞋，是我少年时去几里外的村子读初中时，母亲亲手缝制的。那种土褐色的布，那种一针一线纳的底儿，带着莫名的情愫，我在那条土路上走了整整三年。三年的时光，足以磨破任何一双鞋，可是那双布鞋，在我心底，在历经了那么多的岁月之后，仍是第一次穿上的模样，仍是最初的情怀。

后来的日子忙忙碌碌，就如飞离老树的鸟，忽高忽低，忽远忽近，摇晃着一片又一片的天空。便告别了布鞋的年代，我年轻的双脚在各式各样的鞋子中进进出出，就这样走过了数不尽的水阻山隔。故乡遥远，而那双布鞋更是渐行渐远。独栖于一个陌生的都市，周围都是奔走的人群，混杂其中，步履交错，我的双脚我的鞋如一滴水融入海中，敲击着钢筋水泥的城市。

有一个同事，在某个秋天，竟穿了一双布鞋，从容走进办公室。那一刻，我仿佛嗅到了乡间带着泥土味道的轻风，不知别人的目光是怎样，我的眼中却是涌起刹那的炽热。我把自己的脚悄悄地缩到椅子下面，那双崭新的皮鞋如牢狱般，第一次觉得脚的不自由。

那天下班的时候，我注视着那个同事走出门，走进大街上的车水马龙，瞬间人流仿佛消散，一片无边的原野，她的每一步都漾起清风，我的目光追随着她，看她的脚下生长出一簇又一簇的回忆。那个夜里，那条土路入梦，还有我奔走在上面轻快的脚步。

有一次去一个大山深处的村庄采风，低矮的屋檐缀满着童年的梦。在一处空地上，一些孩子正在游戏，他们小小的脚丫上，都穿着清一色的布鞋，分明是家里人给做的。那些鞋似乎都踩在我心中最柔软的部位，一时有些痛，那些深藏的过往如水般漫过堤岸。就那样怔怔地站在那里，时光在眼前重叠着，竟不知身处何时何境。土褐色的布鞋，母亲的白发，灯下的一针一线，脚下的步履匆匆，岁月如潮扑面，剩下的，便是最最珍贵的了。

那一次，在那个山村里，我住在一户农家，坚持借了一双主人的布鞋，穿在脚上，就如把心放进一个温暖的容器，就像一棵干枯的树，从根上传来养分，只是瞬间，便青翠欲滴枝繁叶茂。那几天，我穿着那双布鞋登山临水，穿林过涧，长久以来没有的轻松。

晚上，看着主人的妻子在灯下做着布鞋，给他十岁的儿子，小家伙正是淘气的年龄，鞋子很费。说这些时，女主人脸上泛起疼爱的笑，直入人心。小家伙还不肯睡，在地上东一趟西一趟地跑着，他的母亲依旧在做着鞋，她也许知道，总有一天，这个孩子会走出大山，他脚上的鞋子，也会不停地更换。可是，他也会渐渐明白，就算终其一生，也走不出母亲做的布鞋。总有一天，他会如我今天般，面对一双布鞋，心中风起云涌。

去年的时候，回了一趟老家，走在那条土路上，每一步都踏痛着回忆。脚上的鞋，再不是当年的那一双，而母亲，也不复当年的年轻，白发已经笼罩了她的暮年，她再也不能亲手缝一双温暖的布鞋，来焐热我在异乡的孤寂与寒冷。

在母亲的白发笑纹中，我忽然明白，真的是一生也走不出那双布鞋了，就如永远也走不出母爱的世界。我的灵魂会永远穿着那双布鞋，奔走于尘世之间，给我温暖的，是布鞋，是母亲，是那份深深的爱。

院中石

那块石头在老宅院子里，老宅在故乡，故乡在千里之外。或者那已是回不去的故乡，或者那块石头也早已不在，可是却在某个梦境里看到它，它就沉默在时光里，如从前一般。

那只是一块极普通的石头，土青色，有小鼓大小，形状也不规则，就立在仓房的门侧。从我记事起，它就在那里，上头日日风复雨，也不知经过了多少年头。石头上面已经磨得很平整，我们经常当成石凳坐在那儿，看满院的禽畜悠闲。特别是夏日的黄昏，被太阳抚摸了一天的石头，依然残留着暖暖的温度，坐在上面，无比的惬意。

石后靠近仓房墙的一面底下，有一个深深的小洞，童年的我常常幻想着里面藏着什么宝贝，经常把手伸入其中，希望能碰触到一些东西，却总是空空。有时觉得那是某些小精灵的家，可是连一只蚂蚁都没有。有那么一天，我将一个绿色的玻璃球放在里面，那是当时最喜爱的东西，就像藏下一份宝藏，成为心里暖暖的秘密。

姥爷经常坐在那块石头上，在一块磨石上磨着他那些木工工具。姥爷一直都是沉默寡言，总是不停地干活。偶有闲时，也是坐在石头上，叼着一只烟斗，静静地吸烟，直到那一点火光点亮天边的第一颗星。当夜色降下来，他才慢慢起身，他与石头依然沉默，就像暖暖的夜，就像亮亮的星光月色。

那石头极为坚硬，我有时会拿着斧子在上面砸一些骨头，喂院子里的小鸡。小鸡们嘴急，常常是我没砸完，它们就跳将上来，纷纷去抢啄那些碎骨屑。有一次，我不小心，一斧子砸在一只小鸡的嘴上，它的尖嘴立刻出了血，它竟是不知疼般，依然抢食。那些血就滴在石头上，当被太阳晒干后，淡淡的痕迹却一直在，不管经过了多少雨水的洗淋，仿佛就印在了上面。

冬天的时候，大雪过后的清晨，石头上已经有了早起的小鸡们的爪痕。它随着季节而变换着温度，临风临霜，经雨经雪，不曾在时光中消瘦苍老。它的底部就像与土地长在了一起，每一年都在成长的我曾多次想搬起它，它却如生了根般，一如许多年以后，我的心之于这个院子，再也分割不开。

我也曾在那块石头上受过伤。那时经常跳上跳下，有一次便将膝盖磕在石头上，疼了许久。现在想来，那块石头记录了我的欢乐和疼痛、怀念和眷恋。那个院子里，那么多鸡鸭鹅狗，还有在它上面蹭痒的猪们，都在慢慢地更换着，包括那些挚爱的亲人，也都在岁月中渐老渐去。只有那块石头，一直在，用它的无言记录着所有的一切。

也许，只有它一直驻守着那个院子，一年一年，就像我的心一般。虽然沉默，却容纳着所有的思念与记忆。只是不知道，它会不会被搬走，又将在哪一处默默站立。如果它还在，我归去，像过去般静坐其上，像过去般在那个隐蔽的小洞中寻找，会不会找到当年的那颗绿色玻璃球，就像找回我的童年般，心里满是惊喜。我想，那样的时刻，我的泪会落在石头上，同样留下不可磨灭的印痕。

伞的细节

　　许多许多的伞在我的心中盛开如花。仿若那烟雨清明之中，西湖断桥之上，那一柄灵伞拉开一个传说的序幕；抑或在那幽深的雨巷里，油纸伞撑开江南细雨，却驱不散丁香般的愁怨。神往于那些美好的情节，总能在黯淡重重的日子里，在我心底撑起一片晴空。

　　可是有一些情节不敢去回望。有一年初夏，那样一个午后，雨如丝，我行走于这个客居小城的街道上，静听敲击在伞上的细密之音。一个小小的女孩，一把红红的伞，在我眼中划过一道亮色。她小心地避开地上的水洼，向着街对面走。一声尖锐的刹车惊散了所有的美好，我看见女孩飞了起来。她落在湿湿的地面上，那把红雨伞在风雨中翻转，如飘飞的花。

　　有一些片段却满是温情。盛夏，太阳的火焰飞洒大地，无边无际地热。正午的路边，那些叫卖着的摊贩都打着巨大的遮阳伞。我步履匆匆，每一步都像踏在红红的铁板上。蓦然，有一幕闯入我的眼中。街道的转角处，一个修鞋人正在紧张地工作，他脸上的汗水像一条条亮亮的溪流。他的身后，一个七八岁的小女孩，正吃力地举着一把极破旧的伞，努力地罩在他的头顶。小小的女孩，脸晒得绯红，举着的胳膊也微微颤抖，可是她就那样一直站着。在太阳底下，那一把破旧的伞，就像开在她臂上的一朵最美的花。

忽然想起，去年在某个城市，途中逢雨，无可避处，便急急而行。忽听路边有人喊，转头看，几个年轻人躲在一把大伞下，每个人怀里都抱着几把伞。他们看起来像高校里的学生，我心下一喜，总算遇见卖伞的了！走到近前，其中一个急忙打开一把伞，递到我手里，说："送给你，祝你愉快！"我愕然，随即想到，这可能是某商家的宣传手段。可是看那伞面上，并无一字。心中涌起感动，行走在雨中，行走在陌生的城市，却有了一种入心的暖。不经意抬头，见伞的内里竟写着一行字："记得这一份温暖，并将之传递给别人！"离开时，依然下雨，我上车前，把伞给了街上一个奔跑的行人，看着那人脸上的惊讶与感动，心灵上的暖意更浓。

我有一个亲戚，是专门修理雨伞的。不管多破的伞，在他的手上都会焕发出新的生机，仿佛花谢再开。他走街串巷，收费极低，若是极小的毛病，便免费给修了。他说他喜欢看那些伞在自己的手上重新绽放，他把那些伞的沧桑消去无痕，使之延续在雨中的美好。后来年龄大了，他依然出去修伞。他并不缺钱，只是喜欢那份快乐。我知道，他在修理雨伞的过程中，就是在为某个人修整出一片无雨的天地。他的一生中到底修补了多少把雨伞，自己也记不清。他补缀着一片又一片天地，从而在心底营造出晴空万里，所以他快乐，所以他幸福。

我认识一位老者，他有一间屋子，专门收藏各种伞。那些伞不是他刻意搜罗来的，每一把都与他有关。我曾几度参观，每一次都会感到震撼。那些伞材质不一，样式各异，多是陈年旧物，在它们上面，载满了岁月的沧桑漫漶。我已经想象不出它们曾经的姿态，就像一个个垂暮的老人，在经风浴雨之后，守着静默的时光。老者给我讲它们的故事，那些泛黄的过往却有着新鲜的感动。有一把油纸伞，摆放在屋子的最里面，老者从未给我讲过它的故事，可是我却知道它一定有着一段难忘的岁月，那些故事只能老者一个人回味，一个人幸福或眷恋。

在心底最深最柔软处，珍藏着一把更古老的雨伞。还是少年时，家在农村，很少人家有雨伞。而我家里却有一把很老的伞，木制伞柄，油布伞面，上面已有破洞。可是下雨时，我们依然抢着打这把伞，在伙伴们面前炫耀。我想，我家的这把伞也应该有着它的故事，只是我却再也不能得知了。虽然它早已失落于尘世中，却一直在我心里，为我挡一方风雨。

有时候，我觉得自己的心灵更需要一把伞，那是希望或感动，在风雨起落中，给我一片无雨的天地，在烈日如焚里，送我一抹难忘的清凉。

爱是一张张的票根

　　我小时候，家里有个小盒子，里面装满了火车票。当时还是那种小硬纸板式的车票，很简单，起点终点票价，却包含着一段旅途的风尘。那些都是父亲用过的。虽然身在农村，父亲却去过许多地方，也在许多地方停留过。所以，每当我当着别人的面拿出那些车票，总会惹来一阵赞叹声。

　　那时父亲在县里一个工程公司当会计，长年和工程队辗转各地施工，每年顶多回家两次，一次是夏天，一次是过年。那些车票都是父亲那些年里留下的，被我们放在一起。当时很羡慕父亲，可以去那么多地方，而我连火车还没坐过几次。在那个年代，一提到坐火车，就觉得是很遥远漫长的路途。

　　我记得第一次坐火车，是和父母去另一个县城看望亲戚。我当时十二岁，也买了一张火车票，只是不记得是不是半票了。当时我手里捏着那张车票很激动，检票的时候看着工作人员在车票上剪了一个小小的缺口，竟有一种很神奇的感觉。

　　看着绿皮火车长长地停在铁轨上，想象着它奔驰在大地上，而我在其中，就兴奋不已。我们还有座位，父亲指给我看票上后印上去的红色数字，说那就是车厢和座号。坐在那里，看着车窗外的景物飞逝，心里顿生自豪感，想着回去后怎么向伙伴们讲述，甚至能想象到他们那羡慕的眼神。那张车票被我保存了很久，也是我向伙伴炫耀时的证据。

初中时搬进城里，此时对于火车已经不再充满着好奇，可是那份向往却一直没有变淡。此时的父亲在一个企业工作，更是经常出差，而且几乎都是外省的城市。那时依然还是那种硬纸板车票，我们依然收藏着那些车票。有时候会翻出来，看着上面的城市名称，按着地图上的位置一一摆放，竟渐渐地有了中国地图的形状。那许多年，父亲不停地奔走，为这个家付出了太多的艰辛。在我们羡慕父亲的时候，他却总是说，每一次出去，都想着回家。在父亲的眼中，那些回家的车票有着更暖的温度。

当时有首流行歌曲叫《驿动的心》，其中唱道：

"曾经以为我的家／是一张张的票根／撕开后展开旅程／投入另外一个陌生……"

年少的心总想着天高地阔自由飞翔，似乎远方总有一种召唤，似乎那一张小小的车票承载着无数的梦想。很喜欢曾经古老的绿皮火车，不是特别快，却晃晃悠悠地走过千山万水。不知多少次幻想坐着那样的火车，去远方，去心灵深处渴望的地方。

而当我第一次坐火车真正去远方时，却已不再是那种绿皮火车，也不再是当初的小小硬纸板的车票，仿佛一切都变得陌生，与心中的想象格格不入。那是我去另一个省的省会，去大学报到，虽然车和车票都变了，可是远方没变，而且，那时父亲还坐在我的身边，同我一起去学校。后来的后来，便都一直是自己，一直到毕业后的好些年，东奔西走，来来去去。那会儿才知道想家是怎样的感受，才明白当初父亲的话。

如今在远离故土的地方，遥遥的老家里，不知道父亲当年的那些车票还在不在。那一片片小小的硬纸板，就像父亲留在岁月中的足迹。虽然我也走过许多地方，却一直在心底重叠着父亲的情怀。只是再没有了当年的老车票，让我心凝神往，念念不忘。

一壶酒，半壶爱

    舅舅有一只军用水壶，深绿色，极破旧，而且壶身许多地方都已经凹进去，可是他仍宝贝似的留着。每到吃饭的时候，舅舅都会把壶拿出来，就那么嘴对着壶口，大口地喝酒。每次也只是那么猛灌上几口，便把壶盖儿小心地拧紧，珍而重之地把壶放在柜子上。

    那壶里的酒似乎总也喝不尽，表弟每次偷偷拿起壶摇晃，里面都会有酒，且从没少于半壶。等表弟长大了以后，就不再以为那是故事中的宝壶了，因为他发现父亲总是在喝了快一半时，就赶紧去买酒来再装满。表弟很是不理解舅舅的做法，明明还剩那么多，为什么就总急着打满。

    一般人是喝不到舅舅军用水壶里的酒的。即使家里来了客人，也都是各喝各的酒，好在大家这些年也都知道舅舅的奇怪脾气，没人怪他。那壶快成了他的命根子了，随着年龄渐老，特别是舅妈去世后，舅舅对那只壶越发的看重，到最后几乎别人碰一下都会大发雷霆。大家都猜想，这只军用水壶一定有什么故事，要不舅舅不能这样看重，而且，舅舅年轻时是当过兵的。可他从不对人说起，别人问，也是不答。早些年，也有人问过舅妈，因为舅妈和舅舅当年是战友，可舅妈也是笑而不言。

    有一年，舅舅家里来了几个老人，舅舅难得的兴奋，把表弟叫回来张罗饭菜。吃饭的时候，表弟惊讶地发现，舅舅竟然从军用水壶里倒酒给几个老人喝。这是从没有过的事，这个时候，舅舅才给表弟介绍，原来这些都是他当年的老战友。每人喝了两小杯之后，舅舅就催表弟去买酒，表弟明明看见壶里还有好多酒，可是还是去买了两瓶回来，舅舅把其中一瓶倒进军用水壶，用力摇晃，然后再给几个老兄弟倒满。过了一会儿，舅舅又重复向壶里倒酒摇晃的步骤，这时，几个老人都有了些醉意。

表弟笑着对几个老人说："我从没见我爸这么高兴，也没见过他让别人喝这壶里的酒，今天我算开了眼了！"几个老人都笑，说："那可是你爸爸的宝贝！"表弟的心怦怦直跳，知道这么多年的谜底就要揭开了。果然，舅舅拿起那个水壶，用手轻抚着，第一次讲起了它的故事。

那时他还在部队，悄悄地喜欢上了一个卫生员，而那卫生员对他也是很有好感。不过，且不说现役军人不准在部队内部找对象，单就那个年代也远没有现在开放，所以两个人都把那份情感压在心底，只是在偶尔相遇时，目光里闪着无尽的倾诉。就在那一年，对越自卫反击战爆发，他所在的部队上了前线。战斗很艰苦，不少身边的战友都牺牲了。

有一次部队下来休整，他又看到了那个熟悉的身影，彼此的目光里都带着浓浓的思念和牵挂。部队再度出发时，后方的人夹道相送。忽然，她从送行的人群中挤进来，摘下身上的军用水壶挎到他的身上，什么也没说，就转头挤进人群。

后来的战斗越来越激烈，他们连队发起多次冲锋都没有拿下敌人阵地，又牺牲了好多战友。最后，他们躲在猫耳洞里，都负了伤，他的伤较重，自己军用壶里的水已经喝光，却依然渴得难受，而且眼前发黑，总想要睡过去。他摸到了她给他的壶，拧开盖子，猛灌了一口，却发现是酒。他一下子被呛得直淌眼泪，可是，却觉身上有一股暖流涌动，瞬间就精神了许多。冲锋号响起，他又生龙活虎地跃出猫耳洞。

就这样，那一壶酒支撑着他到战斗结束。他从没告诉过别人壶里的秘密，不只是因为部队的纪律，更是因为这壶酒是她送的。后来战争胜利结束，他也一直保存着那只壶，直到光荣复员。再后来，那个卫生员就成了舅妈。

表弟听得目瞪口呆，那几个老人也大声叫：“啊？只看见当年她送个壶给你，里面居然装的是酒？你小子当时也不说给我们分点儿喝！”舅舅只是嘿嘿地笑。表弟恍然：“爸，一定是那壶酒你当初没全喝光，是吧？”舅舅点头，说：“嗯，还剩了一些。从战场上下来，我就偷偷买来酒重新装满了，这么多年，这壶酒，我从没喝光过！所以，这里总有当初你妈送我的酒！”表弟笑着说：“我妈当年给你的酒，经过这么多年你兑来兑去，恐怕也就剩一点点了！”舅舅眼一翻：“剩一滴也能重新泡出一壶来，一小撮儿茶叶还能泡好几壶茶呢！”

舅舅说完，拿起壶又摇了摇，给几个老战友小心地斟上，生怕洒出一滴来。

笸箩里的烟火人生

　　它停留在岁月中，它伴随着村庄的每一户人家，它默默地盛装着所有的过往，注满我回忆的泉。它就是笸箩，北方的乡村最常见之物。笸箩多是用细柳条编成，也有用蔑片编的，多是圆形，有大有小。

　　走进每一家，在炕上，或者是炕桌上，都会摆着一个很小的圆笸箩，里面装着旱烟叶子和卷烟纸火柴一类。烟笸箩是使用频率最高的，不管是招待客人还是自用，都不可或缺。由于那时抽香烟的极少，所以旱烟是最普遍的。而且那时无论男女大多抽烟，一般进门都直奔烟笸箩，卷起烟来也极为熟练，如果是带着烟袋的，直接装满一袋，烟雾缭绕中谈天说地。

　　我家的那个小烟笸箩，只有盘子大小，是用细柳条编成的，里面糊上了牛皮纸。后来，父亲有一个当木匠的朋友，竟然用木头给父亲打制了一个烟笸箩，和原来的大小差不多，八边形，做工精细，还涂上了黄漆。这个不知能不能称为烟笸箩的东西，立刻让所有人羡慕不已。许多人专门来我家，就为了看看这个烟笸箩，仿佛用里面的烟叶卷一支旱烟，都会比别人的香。

　　而在家里，第二常见常用的笸箩就是针线笸箩。那是母亲的工具箱，里面装着好几个线棒，上面缠着不同颜色的线，插着大大小小的缝衣针。

笸箩底部全是纽扣，大的小的，各种颜色各种形状。还有几个顶针、纳鞋底儿的锥子和大缝针，更有古老的大剪刀。而我们常常在针线笸箩里找寻的，却是一种用来裁布画线用的滑石笔，或者是量长短的线尺。现在想来，母亲守着针线笸箩，为我们一针一线缝补了多少的温暖。

还有一些更大些的笸箩，比最大的盆子还大些，多是用来短暂地盛装粮食的，有时也起到簸箕的作用。在童年的时候，似乎什么东西都能成为玩具。我们经常拿着这种笸箩扣在头上，就像一个大大的帽子，有时甚至会在下雨天顶出去，遭到大人的呵斥。冬天的时候，我们也会用它代替筛子，在雪地里扣麻雀。笸箩在我们这些小孩子的手上，作用立刻变得多了起来。

而在仓房里，却还有着巨无霸般的笸箩存在。那种大笸箩，最大的，直径能达到两米，放在院子里就像一个小池塘一般。天气晴好的时候，大笸箩就摆在院子里的阳光下，里面装满了陈粮，它主要就是用来晒粮食的。大笸箩基本都用柳条编成，而且边缘处都有厚厚的沿。有时候，趁大人不注意，我们会跑到笸箩里面去，坐在粮食上打闹，就像在池塘里戏水一样。

后来有一本小人书叫《侠骨杜心五》，里面写杜心五练武时，有一段就是专门走大笸箩的外沿，说是既练习轻功又练习协调能力。于是，当家人用大笸箩晒粮食时，我们就纷纷效仿，小心翼翼地踩在笸箩的圆形边沿上慢慢走，想象着能练到在上面飞跑。可是往往踩翻了笸箩，粮食洒了一地，引来鸡鸭的啄食。结果轻功没有练成，却在父母的巴掌下练习了金钟罩。

已经离开故乡的农村近三十年，不知道现在的乡村还有没有那些笸箩的存在，如果有，不知道我童年的那些关于笸箩的情感和趣事是否依然在发生。有时候，很多的东西只有在变成回忆之后，才会感受到那份美好与眷恋，而身处其中时，却往往不自知。只有失去，才会想起所有的好。我不知道，在我念念不忘地回想着曾经的筐箩时，身边的某些东西在多年以后，会不会也成为我的回忆。所以，在回望的同时，还是要同时珍惜现在的拥有。

第六辑

一幕一幕，站在大地上的身姿

窗外的流年

奔走于尘世之间，再也寻不到一扇窗，能给我那样的温暖与平和。那是我心底最恬静的窗子，在岁月中永不蒙尘，常使我于悄悄回望中，窥见最纯真的时光。

东北农村的老宅子，窗户都是分上下两部分，打开的时候，只需将上半部从里面掀起，挂在棚顶的一个小钩上。这样的设计，多半是为防止家禽飞上窗台进入房中。很小的时候，我就常常躺在炕上，或于阳光洒落的午后，或在长风涌动的夜晚，注视着檐下的燕巢出神。最普通的草房，茅草在檐处被码得整整齐齐，可以清楚地看见一根根金黄的草秆边缘。下雨的时候，亮晶晶的水珠便从那草秆间不断地涌现，在窗前挂起一幅珠帘。

燕子的巢通常垒在檐下，紧挨着窗户的上方。那一趟房檐下，罗列着十余个燕巢，形状各异。夏日的清晨，便在燕子的呢喃中醒来，于是起身开窗，阳光和清风便扑面而来，夹杂着南园中各种蔬菜的清香。这时便能看见母亲在园中的身影，那身影在一片深绿浅绿间忙碌着，映着周围晶莹闪烁的露珠。

那一年，父亲在劳动中摔伤，终日坐在炕上，抬眼就是窗外矮矮的园墙，墙头上是用秫秸扎的短短的栅子，以防小鸡飞入园中啄食蔬菜。

那围墙是用塔头垒成，当时我不明白那是何物，父亲便讲起当年去甸子上挖塔头的情景。在甸子中有一种草，根须极细极长，缠缠绕绕盘结在地下，年复一年，那地里便布满了根须。把这片地一块块儿地挖出来，就是塔头了，极结实而有韧性，垒墙最好。父亲讲着这些的时候，心便神游于广阔的草甸之中，想起了劳动的场景，垂头看了一眼自己的腿，便叹息了一声。

父亲的腿在秋天的时候才好，正是农村最忙碌的季节。此时南园中的蔬菜已经败落，在西风中一片萧瑟。而很快，这种氛围便一扫而空。金黄的玉米棒子拉回来了，就堆放在园子里，然后被码放成整齐的一垛垛，鸟雀和老鼠们便热闹起来，伺机攫取过冬的粮食。此时的窗前也绚烂多了，窗边的土墙上，挂上了黄澄澄的一串玉米，还有几辫子未干透的大蒜，最惹人注目的，就是一串串火红火红的辣椒了。

上学后，每日回来便坐在炕上，把书本放在窗台上写作业，暖暖的阳光透窗而入，偶尔抬头，看见庭中悠闲地走过大鹅，几只鸡蹲在阴凉处假寐，花狗在窗下蜷成一团大睡，便有了一种极静极美的感受。那时爷爷常常坐在窗下编草鞋，身旁放一堆干草，十指翻飞间草鞋渐渐成型。全村只有爷爷一个人穿草鞋，他把曾经当红军的岁月都编进了草鞋之中，那样的过程，是他在往事里徜徉。

最爱看的，就是冬天的霜花，美丽地开在窗玻璃上，一片茸茸的白，却于深浅明暗之间，错落有致地形成千姿百态。仿佛把冬季的影子投在那里，窗子虽不再透明，凝望间却仍是景象万千。或者将手合上去，一片凉意之中便现出一只清晰的掌印，手纹也是纤毫毕见。从一只手掌间窥望外面的冰天雪地，越发地觉得家的温暖。

那时，邻家的小姐姐最爱到我家来玩儿，还找一群小伙伴，挟着阳光呼啦啦地跑进院子，在那儿跳皮筋或踢沙包，有时她也带头唱歌，声音极纯净，鸡鸭们愣愣地侧头倾听。那年秋天，邻家小姐姐得了重病，从此失去了声音。她再也不来我家的院子，有时姐姐和伙伴们玩儿，她会悄悄地隔墙凝望。少了她的身影和明澈的歌声，庭中虽仍是热热闹闹，却有了一层挥不去的落寞。

园中有一棵老杏树，不知生长了多少年，我记事的时候它就已经在那里了，年年春天将粉红的花朵开满枝头。听爷爷说，这棵树是小姑当年亲手栽下的，那时的小姑还是小女孩儿，和现在的姐姐一般大。只是我从没见过小姑，她在最美的年华里，殒落了如花的生命。我常于暗香浮动中，凝望那一树繁华，在心底勾勒着小姑青春的容颜。那一片摇曳的深情，使得我在窗后，悄悄泛起无人知晓的眷恋与凄凉。

在一个细雨如丝的春日，我们举家搬进城里。坐在车上，回望故园中的一切，心中还不解离愁。不知在以后无数个汹涌奔向眼底的流年里，这正在离开的一切，竟是一生都化不开的苍凉。是的，再也看不见夜里月亮俯在窗前的脸，看不见南园中母亲年轻劳碌的身影，当一切只能回望，才惊觉最美的时光总是走得最快。

前年回了一次故乡，二十多年的风雨沧桑，故园已是面目全非。现在的农村，再也没有当年的老宅子，再也没有那种古老的窗。唯有窗前的日月昏晓，还如旧时走过，却已不复旧时心境。南园中的杏树仍在，又是花满枝头，除了疲惫的我，没人知道它年年在为谁开放。

岁月墙上的那些门

那些门就在岁月深处的院落里，或开或掩，旧时风月皆在心上流连，在每一扇门间淌过。是哪一阵风，将过往隔断于时光里？时空的辽远如一扇不可碰触的门，把那些眷恋着的，都深锁，只偶尔会在梦里走进，却是没有比梦更遥远的地方了。

那时的院门，很是简陋，只是用木头随意钉成，上面有时还会长出些嫩嫩的细枝或叶。这样一扇简单的门，便掩住了满院的情致。儿时的我，经常从门旁的土墙上一跃而过，院门之于我，只是一个开关时咯吱作响的存在。没想到多年以后，它那"吱吱"的响声依然穿透迷梦般的成长，传进我思乡的梦里。

柴门犬吠，永远是最美的情景，在心底生长着无边的温暖。

南边的大菜园，在园墙上也有一个小小的门，依然是木头的。它更矮小简便，平时都是紧闭，同土墙上的短栅一起，阻挡着那些不安分的鸡鸭猪狗。低矮的木门，关住了满园的果红蔬绿，却关不住轻盈的蜂飞蝶舞。我的心多想化作那些蜂儿蝶儿，悠悠飞过数不尽的阻隔，投入那一片芬芳里。

院落里，还有一些只供家禽家畜进出的门，比如鸡栅上的门，只容一只鸡通过。小小的狗棚，甚至连门都没有，更像个洞口，黄花狗进出自由畅通。甚至，还有，墙根隐蔽处，那些老鼠的洞口，在回忆里都是难以忘记的门。及至时光流走，回想，连南园草丛里，爬虫走过的两片叶间，蚂蚁往复的小小洞穴，都似乎成了可以打开我所有回忆的大门。

而有些门，是人与动物共同进出的，院门自然不必去说。院子东北角，紧靠大门旁，是猪圈，相比起来，猪圈的门比较坚实，是用钢筋焊成。普通的小木门，在猪们饥饿时不停地翻拱下，几天时间就会散架。猪的鼻子极厉害，多硬的土地都能拱出坑来，有的猪，还要在它们鼻子上穿上一根铁丝，以此来阻止它们拱地。所以，猪圈的门下，通常是铺一块平整的青石，这样才不会让猪从门下拱出来。

房门也是木门，只是更为精致些，上面有着四格的玻璃。时日久了，门外侧也会有着许多痕迹，或鸡啄狗刨，或雨淋雪掩，便露出沧桑的意味来。有时门上的玻璃破裂，母亲会找来两枚扣子，里外扣上，然后用结实的线串起，便将欲散碎的玻璃固定在一起。阳光照耀之下，玻璃上七彩缤纷，就像一朵美丽的花。

每当过年的时候，所有的门都会焕发出别样的色彩来。院门房门上，都是红红的春联，还有冷风中飘扬着温暖的彩色挂钱，最引人注目的便是大大的"福"字。就连鸡架的门上，也会贴上"金鸡满架"，猪圈的门上自然是"肥猪满圈"了。所有的门，在正月里，都散发着一种全新的气息，仿佛那些沧桑被这年复一年的春节所覆盖着。

渐渐地，门就老了，推动时便缓慢地移动，而那些进出门的人，也老了一茬又一茬。就连那些家禽家畜，也在它们各自的门中走过了一批又一批。岁月，也如那些老去的人般，走过那些门，便再也回不来。

而我少年时走出那扇吱吱作响的院门，便是二十多年没有再回去，回去时，已人物全非。那许多年里，走过了无数的门，有轻便的精美的，也有厚重的豪华的，可是，回望，最想走进的，依然是故园里的那些门，那些在心底一直为我敞开着的门。

因为那些门里，有着我永远爱着的人，有着我永难割舍的最美的时光。

菜窖里的故乡

　　那个时候，菜窖是每一家的地下储藏室，保存着那些农菜的鲜美，也保存着世代的记忆，还保存着每个人心底故乡的情愫如昨。记取故土的种种，只需在心底挖一口菜窖就够了，寒冬的时候，就能取出一份又一份的温馨过往，不留岁月的痕迹。

　　一般都是挖两口菜窖，一口是圆形深窖，一口是浅窖。深窖在底部再向旁侧开储藏洞，多是存放土豆、萝卜等。深窖一年四季都在使用，是菜园里标志性的存在，而对于儿童来说，也是危险的去处，其危险性不亚于村中央的大井。那时我们是不被允许去窖口玩的，一是怕我们失足掉进去，再就是怕我们贸然爬下去。在乡下，因掉进窖里摔坏的小孩很多，但更多的都是摔进浅窖里。而要下到深窖取东西，也是要小心谨慎，常常把一根点燃的蜡烛放在筐里，用绳子放到窖底，如果蜡烛不熄灭，才敢下去。我的邻居家，曾有人没经试探就下窖，结果被毒气致死，这给所有人一个极深刻的教训。

　　盛夏的时候，深窖是存放瓜果的最好地方，西瓜香瓜放在窖里，热时拿上来吃，极凉爽，比用冷水浸泡过还要好。不过那时，前园墙外有一口不知什么时候留下的废弃的深窖，里面没有任何东西，所以并不会有什么有害气体产生。那时我常常在夏日的午后，两脚蹬着窖壁，手脚交替地下到窖底，然后躺在储藏洞里，把头露出来，极凉爽，看着头顶那圆圆的一小块天空，有一种极沉静的感觉。有一次竟然在里面睡着，待醒来时，头顶的天空已暗，全身冻透，爬上来，就像两个世界的感受。

对我们小孩子来说，最危险的莫过于浅的菜窖。浅窖不深，且占地面积大，呈长方形，一挖到底，然后窖口用木棍秸秆什么的盖上封好。浅窖多储存诸如白菜一类，多是秋冬季节使用。之所以危险，因为秋冬之际，菜园里一片广阔，便成了我们的乐园，不小心踩到浅窖上，极有可能掉落下去。

有一年夏天，盛传不让养狗，并听邻村说打狗队已经到了他们那里，把各家养的狗都打死拉走，于是我们都很惊慌。我家里的那条花狗，是极聪明伶俐的，在我家生活了多年，我们都对它有着极深厚的感情。眼看着别人家都带着狗去甸子上或去别村亲戚家躲避，而且都说今晚打狗队就要进村，我们只好把花狗藏进了浅窖里，并把一些好吃的东西放在它面前,可是它只眼巴巴地看着我们,那些食物闻都不闻一下。一夜无事，第二天早晨把花狗拉上来，见它眼睛通红，还有眼泪，那些吃的一口没动，这让我们很是心疼。

每家每户都会养许多小鸡小鸭什么的，每到晚上，人们都会清点一下，如果发现少了，便首先去窖口看。那些小东西也经常掉进窖里，不过它们也的确很厉害，即使是深窖，它们掉落进去也没什么事。

菜窖就像一个沉默的老人，一动不动地守在那里，日月流年都从它口中进进出出，不知吞吐了多少岁月的记忆，伴着满园的秋黄春绿。一如在离乡几十年后，身在千里之外，我心却依然如那些古老的菜窖，把所有的美好深藏。寒冬里，它为我保存一份从不褪色变质的温暖往事，盛夏时，却又为我献上满身心的清凉。而故乡就在其中，不管流年沧桑，都用巨大的亲切将我紧紧围绕。

草房是我心里的巢

　　仿佛在风的叹息中就能摇摇欲坠，宛若树上的巢，那座草房就在记忆深处温暖着。而我却如离巢的鸟，当我想起回到旧时的枝上，却只有秋风停留，早没有了旧巢的影子。

　　常常眷恋那四壁的泥墙，墙是土坯垒起，外面抹着厚厚的泥，抹得平整光滑。那泥中掺杂着许多麦壳，于是干了之后，墙也显出一种淡淡的黄色，也散着浅浅的麦香。现在想来，那浅淡的香色全成为我记忆里最温暖的背景，氤氲着许多在他乡的日子。

　　最引人注目的便是房顶的草了，那是大甸子上产的一种细草，极高极茂，极细长的茎。秋天时割了晒干，那草便只余下细茎。然后那些草便在雪亮的铡刀下，被切割成长短相同。苫房是一个技术活，怎样把那些草整齐地固定在房顶，还要均匀密面，不会漏雨，一般人做不来。

　　新苫好的房极是周整醒目，房顶金灿灿，仿佛所有的阳光都在上面舞蹈，晃得人眼里心里全是暖意。所以大家很少叫土房，而称之为草房，房顶的草，才是一座房子的灵魂。房草从檐下伸出少许，皆整齐如切，可看见一排中空的草茎，无数细密的小孔。落雨时，房上的雨水顺着房草淌下，在檐间挂一片珠帘。待雨停后，珠帘断裂，散珠接连而下。向上望，那雨水慢慢地从草茎的细孔里渗出来，渐凝成珠，然后坠下。

房子外面的墙，也是每隔几年就要重新抹一次。在外面和好一大堆泥，里面掺上麦壳，然后用泥抹子在墙上均匀地涂抹。新抹的墙，使得草房焕然一新。我们经常在无人注意的角落，偷偷在泥墙上印下手印。等干了之后，那个手印清晰地存在，心里便会有一种偷偷的欢喜。而屋里的墙壁，有时候也抹，条件好的人家刷上白灰。最多的，是在墙上糊上报纸，连棚顶都是糊的报纸。去别人家里，我经常看墙上的报纸，看上面的小故事或者漫画笑话，其乐无穷。

所有草房的檐下，都有好多燕子垒的巢，形状各异，每天看着燕子在草檐下栖飞，就会有一种家的温暖。燕子归来寻旧垒，每一年的轮回都是一个回家的过程，只是没有想到，当多年以后，我如燕子般归来，却再也寻不到旧时的家园，寻不到浸透所有童年梦想的草房。而我亦如燕子垒巢一样，把过去所有的点点滴滴，用眷恋筑成我心底最暖的家，草房，是我永远回不去的故园。

回想，那许多的草檐秋月，许多的土墙斜阳，依然在记忆里清晰，抑或出现在梦里，却是没有比梦更遥远的地方了。少年离家时，村里的草房多已破旧，不再修葺，因为许多红砖瓦房正在建起。而那些草房，墙皮脱落，如斑驳的岁月，房草由于多年未换而变得发黑，就似垂暮的老人，在夕阳中守着最后的时光。

随着草房老去的，还有我的亲人。祖父再也挥舞不动长长的钐刀，去甸子上割下那些长长的草，再也不能攀上房顶，将那些草轻轻覆盖。只是许多时候，祖父都会站在院子里，用目光抚摸着房子的一草一木，就像看着自己的亲人。矮檐下的窗子里，流淌过太多温馨的日子，亲人们都在，巨大的幸福围绕。只是，恍若一阵风吹过，便消散了那些容颜，我的草房里。

原来，那些平凡的草房，正是因为有了亲人，有了那些爱，才成为我生命中永远的牵挂。当故乡千里，当一切无法重来，才发现，草房已成为我心底永远的巢，栖息着我的灵魂。

场院是村庄的海

当西风吹黄了大地，场院便成了庄稼的相会之所，整整两个季节，不同的庄稼驻守在自己的田里，遥相凝望，而此刻，它们杂然垛在空地上，交流着各自的清香。人来车往，马嘶牛吼，人们的脸上全是笑意，此刻的场院，是聚集着所有快乐的海洋。

终于，等不及的庄稼被齐整整地召到场院中间，躺成了一个大大的圆圈，兴奋的碌碡在牛马的带领下，开始了一圈一圈的旅程，发出一路咯吱咯吱的欢叫。欢快的谷粒随着碌碡的脚步，从穗子里跳出来，在阳光下露出黄澄澄的笑脸。鸟雀们约好齐来，纷纷落在谷垛上，去啄食那一颗颗的饱满。场院的秋天是沸腾的，经过一年的等待，它盼来了自己的盛宴。

然后就是热闹的扬场。扬场就是用木制的扬锨，撮起粮食堆上的粮食，高高地扬起，粮食就像金黄的瀑布，从天上洒落，这个过程中，西风便会吹走粮食中掺杂的皮壳或杂细之物。所以扬场一般选在有风的天气，粮食在人们的笑容里纷飞，我们的心也满溢着喜悦。当岁月的风吹去那些细碎的情节，我心里剩下的，都是饱满的思念。

当劳作了半个秋天的碌碡安静下来，场院也恢复了宁静，那些残余的枯叶在渐冷的风中翻舞，鸟雀仍在寻觅空地上遗落的粮食。碌碡们横七竖八地散落在场院周围，身上的谷香麦香一冬都不会消散。它们仿佛酒足的醉汉，惬意地席地而眠。

那时的我们，把场院当成无忧的乐园。有时学着那些碌碡，躺在铺排在地的庄稼上，不停地打滚，沾染了一身的丰收气息。有月亮的晚上，我们会爬上最高的谷垛，仰卧在一片柔软之上，鼻息里全是庄稼朴素的香气。月亮就在头顶，照耀着秋夜的静谧，照耀着我们快乐的心事。不远处，看守场院的老爷爷坐在土堆上，衔着的烟袋闪烁着微微的光亮，身旁倦卧的黑狗偶尔竖起耳朵，发出几声低低吠叫。身后村庄的灯火，扑面而来的温暖，把场院拥进自己的梦境里。

其余的时间，场院便分外地寂寥，只有不同方向的风路过。作为村庄最大的空地，场院多在村外，地面已在一年年的碾轧之下，极为平整坚硬。有时村里来放电影的，场院便难得地热闹起来，吃过晚饭的人们，开始聚集在此处，无数的烟袋锅里的火光便点亮了群星，手持阔大的向日葵或倭瓜的叶片，不停地扇打着伺机进攻的蚊子。洁白方正的银幕竖起来了，大大的喇叭也挂在支撑幕布的木杆上，当音乐响起，闲谈的人们立刻噤了声，连蚊子也不再低吟，目光都被吸引到银幕上。偶尔会响起几声呼三唤四的声音，不知谁在寻找自家的孩子。

露天电影夜深方散，第二天，意犹未尽的我们仍会来到场院上，却是只余满地的烟灰叶片，仿佛昨晚的喧闹只是场院的一场梦。多年以后，当我身处都市的繁华，当村庄的场院已成为历史，才发觉曾经的美好，也如一场易散的梦。许多年未曾回到乡下，回到我的村庄，听闻场院早已不复存在，古老的耕作方式正被现代化所替代，却也远去了许多只能回忆的眷恋。

故乡的场院，常常在回望里漫成无边的海洋，翻涌着那些永不再来的欢乐。一个秋天的夜里，我梦见了家乡的场院，它依然平整，依然谷垛林立，开阔的空地上，沉重的碌碡滚压着无尽的往事，那些隐藏在岁月深处的幸福全都跳跃出来。我的心里盛满了暖暖的感动，在醒来时的枕畔。场院并没有消失，它就在我的心里，是我生命中永远的空地，等着我把所有采撷收割的幸福存放。

井水饮处是吾乡

　　那眼古老的井就如心上的一块疤，在某些特别的日子，会袭来阵阵微痒微痛，于是所有的昨日都一一涌来，那些痒与痛便弥漫整个身心，化作甜蜜的幸福与眷恋。

　　村中有井，是最热闹的所在。每天的清晨，每家的人都挑着水桶来到井台边排队打水，日头尚未升起，袅袅的炊烟同鸡鸣一起飘荡。一边闲唠着家常，一边看前面的人用力摇动辘轳，摇起一轮崭新的朝阳。井台由几条大青石垒成，此时上面便流淌着小小的溪流，像一条条闪着金光的蛇。

　　最喜欢盛夏的黄昏，吃罢晚饭，劳累了一天的人们都聚集在井台边，烟袋锅上的点点火光便点亮了天上的第一颗星。于是冷清了一天的井畔便喧闹起来，大家说着一些不知流传了多少年的话题，蚊子被朦胧的烟雾阻隔在远处，人们手持旧蒲扇，或者干脆拿着一片向日葵阔大的叶片来回地扇。井口冒出的凉气冲淡了暑气，直到繁星满天，才渐次散去。于是井台上只留下月色，只留下清风。

　　那口井已不知存在了多少年，但见那些青石垒成的井台已经磨得极光滑，祖父说他小时候，这口井就已经在这里了。而井水依然清冽甘澈，祖祖辈辈，不知多少人喝着它长大、老去。同饮一井之水，老人说就是至亲了，虽然没有血脉之缘，却是情深入骨。若是在千里之外遇见同乡，那份情感便会瞬间喷涌。乡亲乡亲，那份亲便来自于同饮一井水。

冬天的时候，井台上便结了一层亮亮的冰，我常常在大雪的日子里，俯在井口去看那些雪花翻卷着落入井底，扑入圆圆的水面消失于无形。那个时候总是奇怪，那么冷的天，井水却不结冻，井口升腾着白白的雾气。多年以后在世事的艰难中，想起故乡的老井，心中便是满满的暖与希望，如此，再寒冷的际遇也冻结不了我的心。

冬天时也会有趣事。据说那个时候许多小孩子都上过当，在井边，辘轳的摇把是铁的，冻得极凉。这时，就会有人对在井边冰上玩的小孩子说："那井把儿是甜的，不信你舔一下试试？"有的小孩便真的舔了铁摇把一下，咂咂嘴，还真有些甜味儿。其实是那摇把极冷，把舌头上的皮粘掉了一层，嘴里有自己的血，所以感觉会略甜。这种事几乎发生在每一个村子，成为我们共同的回忆。

正月十五元宵节的晚上，我们便会来到井边。井沿周围结了一层厚厚的冰，早晨担水的人都会小心翼翼的，我们便会在那冰上打几个滚儿。这个夜里，在井台的冰上打滚儿，可以把病全滚跑了，这是我们那里的风俗。有时候，一些大人也会和我们一起打滚儿，常逗得我们大笑。笑声沉入深深的井里，回荡出空洞洞的声音。

后来，老井终于走完了它漫长的生命。家家户户都在院子里打了那种手压式的小井，方便了许多。可我依然怀念那笨拙的辘轳，怀念那粗粗的井绳，怀念一桶水摇上来倾洒时闪过的亮光。老井被填平了，那是一个很烦琐也很神圣的过程，全村人都在观望，仿佛送走一位至爱的亲人。渐渐地，老井原来的所在，便被荒草湮没，青石在其中隐现，记录着曾经火热的岁月。

去年偶然路过一个乡村，竟然看到了古老的井，虽不是故乡记忆中的，但仍是看得我淌下泪来。本以为此生再也见不到老井的身影，却不承想在异乡重逢，给漂泊苍凉的心带来不期然的欣喜与安慰。

夏天的时候回到故乡，村中老井的痕迹彻底消失了，那几条青石也不知在何处。各家各户的手压井也已不见，自来水流进每个院落，心空空的若有所失。我知道，心底的故乡，永远也回不去了。

屋檐下的梦

　　低矮的土房，草盖，夏天的时候，背阴面的房顶常常长满青苔。这就是我童年的家，生命中最温暖的地方。

　　房檐下满是燕子窝，各种形状，有的是圆形，有的是口袋形，都是燕子们一口一口垒成的。喜欢夏天的午后，燕子在檐下呢喃，就像轻轻的梦呓。大雨过后，便站在窗前看雨水从檐上落下来。一开始是一条银线，细细的，慢慢的，便成了一串珠子，于是伸手去接，凉凉的，麻麻的。珠子越来越少，抬头看，一颗颗水珠正从房草的端部不断地涌出来，在太阳下闪着晶莹的光。

　　到了冬天，房顶积着厚厚的雪，燕子已没了影踪，檐下偶尔会飞出几只麻雀，胖胖的，像穿了一层袄。天气晴好的时候，雪会在阳光下融化，檐下便坠满了长长短短的冰溜子，下面尖尖的。窗上结了厚厚一层霜花，像南园里老杨树的枝叶。把手掌印上去，停留一会儿，一只手影便出现了。从手影望出去，看见一片洁白的天地。

　　屋檐下最灿烂的时候，是在秋天，每家都挂了一串串的红辣椒或蒜辫子。黄昏中，斜阳挂在檐角，小小的草房就像夕阳中盛装的新娘，那些椒啊蒜啊就是她项下的美饰。夜来了，一片静谧，敞开窗子，有凉凉的风涌进来。躺在土炕上，出神地望着深邃的夜空，便会蓦地传来一阵摇动翅膀的声音，燕子像黑色的闪电没入檐下。

最庄重的时候是每年的端午节，家家户户都在房檐上插满了艾蒿，还挂上葫芦，于是每家都笼罩在一种淡淡的清香中。那是一种吉祥的味道，渗进人们最朴素的祝福。

由于草房的房檐突出很长一部分，椽子整齐地排列。冬天的时候，麻雀会在椽子间的地方，把泥土啄开，打洞一样向里很深，然后就生活在那里。于是，夜里我们经常拿着手电筒，在房檐下照。如果有麻雀在，被强光一晃，眼睛便短暂的失明，我们就很容易地把它们捉住。

那时村里有一户最穷的人家，草房也最破旧。可是，在他家的檐下，常挂着一些很美的或者我们不曾见过的东西。比如彩纸叠的葫芦，比如一串自制的风铃，还有从画上剪下来的美丽图案穿成一串。这都是他家的几个孩子自己制作的，那时我们喜欢去他家里玩儿，坐在炕上看着檐下的种种羡慕不已。有时下雨，就会淋坏许多东西，可那几个孩子都不在意，说浇坏了再做新的。现在想来，他家的檐下垂挂着多少美丽的梦啊，虽然贫穷，可他们从没有暗淡了自己的心境。

如今故乡再也寻不见那样的草房，就像我再也寻不回年少的时光。在记忆的深处，那矮矮的檐下依然坠满我的梦想，我的甜蜜，那是我永远的家，因为心一刻也不曾离开。

咋不见草垛里的烟锅点太阳

"咋不见着了火的红高粱／咋不见平坦坦盘腿的炕／咋不见风雪里酒飘香／咋不见草垛里的烟锅点太阳……"

偶然听见一家商店里放着这首很古老的《天上有没有北大荒》，遥远的村庄，许多的过往，忽然被一一点亮，在心底氤氲成最温暖的云烟。仿佛看见爷爷倚在草垛旁，任手中明灭的烟袋点亮了天边的第一颗星星。

那时村南是一大片荒甸，直接通往松花江，秋天的时候，甸子里热闹起来，处处可见来往打草的人，高高堆起的草垛。近处的，都是一些过冬的草料，喂牲口用的，临近江边的远处，都是一些打苫房草的，那草细长笔直，金灿灿的，中空，很是壮观。爷爷带着我和老叔，便是到甸子深处打苫房草。银亮的钐刀收割着那一片片金黄，时常惊起一些偷偷寻食的田鼠，一些不知名的鸟低飞着，时而用尖尖的嘴去啄食草籽。

看着一大片伏卧在地上的草，我们坐在土坎上抹着汗，看远处的大坝绵延到远方。有涛声随风入耳，还有空气中一种植物成熟的气息扑鼻，两匹白马在不远处啃草，甩着尾巴驱赶着一群围绕着它们的蚊蝇。割倒的草，还要晒上几日，待干透了，才能打捆运回。不远处，是一个用草搭起来的小窝棚，晚上的时候，我和老叔或者爷爷就在那儿睡，另一人牵着马回去。

夜里的草甸比白天更热闹些。有一个晚上，月亮很圆，澄澈清透，银辉满溢，整个草甸如在水里。长风流淌，蛙声盈耳，我在窝棚里躺了一会儿，睡不着，就和老叔来到大坝上坐着。仿佛离月亮更近，一江流水波光闪亮，近岸处不知谁下的迷魂阵里，时有鱼儿在月光下高高跃起，溅起亮亮的波纹。有时会有几声长长的狼嗥，于是风静蛙静，几息之后方又恢复喧嚣。

更多的夜晚是和爷爷一起在甸子上度过的。爷爷睡得晚，有时候我从睡梦中惊醒，向窝棚外看去，爷爷仍倚坐在那小草垛旁，烟袋锅上的亮光闪烁着，无月的夜里，就像天上的星。于是心下安稳，再不去想那些狼，沉沉睡去。有时早晨醒来早，天还没放亮，爷爷就已经起来了，依然在那里抽烟袋。直到那一点亮光掩去了天上的星光，点亮了东方的天际，他才站起身，走到空地上，在鞋底上磕尽烟锅里的灰烬，开始翻动晾着的草。

多年以后，常常回想起爷爷抽烟的情景，特别是在那样的荒甸之夜，那一点亮着的火光，让我消散了许多的恐惧之心，让我有着特别安稳甜蜜的梦境。从没想过，那样的一个情景在今天会成为梦中的一个片段，让我于醒来时的午夜，心于都市的高楼霓虹中，飞回那一片魂牵梦萦的甸子。爷爷的身影，就像那草垛一样厚重温暖，让我的梦里也一片祥和。

爷爷去世后，就葬在了松花江边，身后就是那一片大草甸。有一年的正月十五晚上，我和老叔去爷爷坟上送灯，在坟前，想起曾经的种种，举目萧萧，却再也寻不回曾经的梦与欢乐。回去的时候，夜色沉迷，圆月高悬，无尽的凉意。走出很远，回头望，爷爷坟前的灯火越发变小，恍惚间，觉得那是爷爷依然坐在那里，手里拿着烟袋，望着那一片熟悉的苍茫。

前年回去扫墓，近二十年的时光，如江水消逝，可是那片草甸却没有了，变成了大片大片的稻田，更没有那一垛垛的草垛，耸立着一种厚重的温暖。心中有失落，永远也找不回的从前，永远也走不回的过去。而我也早离开了故土。"美丽的松花江／波连波向前方／川流不息流淌／夜夜进梦乡"，依然是那首《天上有没有北大荒》，遥想爷爷长眠在江畔，守着那一段古老的岁月，就如我，水阻山隔之外，心中也一直守着那一脉温情与美好。

再也见不到，爷爷的烟锅点亮太阳，他和身后倚着的草垛同样沉默，那一点闪闪火光，却一直在心里，常常在寒冷时，在孤寂时，点亮所有的往事，让我的心于温暖中，濡湿成生命中最动人的暖流。

正在消失的村庄

房 草

在我童年的乡村，基本没有砖瓦房。那些土坯房，如年迈的老人，在黑土地上不知站立了多少辈，经风历雨，伤痕累累。那些房子，又被称为草房，因为房顶上是特有的苫房草。那是一种特别的草，在甸子上生长着，如大地的头发，细而长的茎，中空，秋天的时候，金黄一片。割来，整齐地苫在房顶，防寒耐雨，庇护着一个屋檐下的温暖。

那时的村庄，那么多的土房，要看谁家日子过得还不错，或者谁家的主人勤快，从苫房草上就能得出答案。那些焕然一新时常修葺更换的，必是对生活有着积极希望的人家。后来，果然是那些人家，率先盖起了砖房。

如今，那些草房已成为正在远去的回忆，随之消散的，还有那些与草房同在的东西。只是，回忆渐浓，也正在古老成心底的沧桑。那些草仍在无边的甸子上摇曳，只是再也没有机会站上高高的房顶，它们也正在成为最普通的草，渐渐地无人能识。

井

井是一个村庄的心脏。那种最早的大井，位于村子正中，砌得齐齐整整的井台，磨得溜光的辘轳把儿，颤悠悠的井绳，还有黑亮亮的胶皮桶，就形成了一个村庄的圣地。

每天的一早一晚，是井畔最热闹的时刻。太阳还没露头，井台上已是一派喧嚣。那些排着队等着打水的人，互相打着招呼，扁担和水桶就横在身侧，清风停驻在微乱的发间。辘轳转动着，发出"吱吱"的响声，和远远近近的鸡鸣犬吠交织在一起。男人们挥动着臂膀，将一桶桶清凉凉的水摇出地面，将红红的朝阳从东边摇起。

黄昏时分，炊烟已经消散，人们吃过晚饭，三三两两地踱向井边，坐在犹有太阳余温的井台上，吸着烟袋，开始了海阔天空的聊天。从井口扑出的清凉之气，将暑气一扫而空。暮色渐渐地扑落下来，渗进了老井里，人们烟袋锅上点点的火光，也点亮了夏夜最早的那颗星星。

冬天的时候，井台边是孩子们的乐园。那些冰在那片空地上，亮亮的，像一面镜子，倒映着一张张兴奋的脸。

后来，那口老井终于被封了，因为家家都有了一种更方便的手压井。于是，老井默默地结束了它的使命。它在一代代的流传中，贡献出多少甘美的水，哺育过多少这里的人，没人能算清。它像留在村中间的一个句号，最后终归虚无，而它仍在浸染着记忆，清凉着一段过往。

到了现在，连那种手轧井也没有了，自来水登堂入室。井，越来越遥远了。

土 墙

可以说，土墙是有着自己的生命的。它没有那种触手的冰冷与坚硬，亦不是高高在上，它们只是默立在那里，驮着一身的阳光和长风，或者秋月冬雪，就算一身斑驳，也如垂暮的老人，有一种温柔的静穆。

土墙是有着生命的。那些土是从甸子上挖回来的，和了泥垒成墙，经过雨润之后，一些潜藏的种子便发芽了，或是不知名的花儿，或是一种常见的草。夏天的时候，菜园的墙头上，会插满了栅子，园内的瓜果蔬香，或花儿竞放，会招惹得蜂蝶纷纷越垣而过，而那些盈盈的蜻蜓，就婷婷地立在栅尖上。所以，土墙并不寂寞。

土墙有时也会坍塌的。毕竟是土墙，如果不及时维护，它们终会倒的。一座土墙的倒塌，没人感到悲哀。因为，它们重归土地，生命仍在继续。只要有泥土，它们总会站成墙的。那时的想法，真是天真。真的没有想到有一天，泥土不再成墙，代替它们的，是红红的砖。

那些漂亮的砖墙，曾一度刺痛我的眼睛。后来，也就习惯了，便想，砖，也不过是泥土的另一种形式，只是内涵没有那么丰富，不过既然同为泥土，在心里，就当土墙还在吧。

看银幕反面的年代

　　小时候最高兴的事莫过于村里放电影了，当村头的大喇叭一播出放电影的通知，我们立刻兴奋得一蹦老高，急切地盼着天快黑下来。那种露天的电影是我童年里最难忘的事了，吃过晚饭，我们便早早地跑去村里小学的操场上或者大队的院里，那里已聚集了不少像我这般大的孩子。我们好奇地看着人们把一块银幕挂在两根木杆之间，木杆上绑着一个大喇叭。我们乐此不疲地围前围后地跑着，有时还到放映的屋里偷偷地看那些放映设备。

　　天快黑下来的时候，乡亲们陆陆续续三五成群地来了，拎着小板凳，叼着烟卷，找好位置坐在那儿开始闲聊。那时多是在夏天，蚊子极多，于是女人们都折了一大片向日葵叶子当扇子扇蚊子，男人们则拼命地抽烟。人越来越多，银幕前已密密麻麻地坐满了人，外围是站着的人，后来的人们还在向里面挤，想找一个稍好些的地方。最外面是我们这群孩子，不知疲倦地一圈圈地跑着喊着。此时人声鼎沸，女人们长一声短一声地喊着自家的小二、小三的，男人们更是甩开膀子吹牛。大姑娘小伙子们在人群中四处寻望着，看中意的人是否也在看自己。整个场地一片乱哄哄的热闹。

　　放露天电影都是很晴好的天气，所以满天的繁星也看着这个小小村庄里的喧闹，和人们手上烟袋上的光亮相映，一时不分天上人间。人们在兴奋中期待着，我们有时会凑到放映的窗口前，打听将是什么样的片子。其实，那个时候的我们，并不在意会演什么电影，而是喜欢那种氛围，仿佛节日般的快乐，大大的场地成了我们幸福的海洋。

忽然，银幕旁的大喇叭发出几声刺耳的尖叫，电影快开始了，人们立刻静了下来，齐齐地望向银幕。银幕"唰"地就亮了，只是什么图案也没有，就一块四方形的亮面在左右移动寻找最佳位置。这时有人便伸出手在光束里挥舞着，银幕上便出现一只又黑又大的手影。然后电影开始了，多是一些老片子，可人们依然看得津津有味。这时我们小孩子开始向人堆里挤，有时找不到好位置，我们便跑到银幕后面去看，上面的人和字全是反的，也挺有意思。坐在那儿仰脖看着，累了的时候低下头歇一会儿，便能看见银幕前坐着的那些人仰着的脸，时而紧张时而傻笑，倍觉有趣。

常常是看着看着便觉没趣，于是便开始在人群里乱窜，大声喊着捉迷藏。或者突然捅哪个人后背或屁股一下撒腿就跑，常招来大人们的呵骂。有时远离人群去学校那边的墙根或小树林，便能发现另一番天地，许多大姑娘小伙子在那里喁喁低语或紧紧拥抱。于是我们讨嫌地冲到他们面前，再尖叫着跑开。现在想来，年轻人那时更喜欢电影外的内容。

有时正在疯跑着，忽然听见人群爆发出一阵哄笑，于是急急地跑回银幕后，可看来看去，好笑的镜头却再也没有出现。一般一晚上只放映两个片子，快结束的时候，人们便开始纷纷撤退，打着呵欠四处喊着自家的小孩。往往回去后我们便和大人争论电影里的事，比如说大人们说董存瑞是用右手举的炸药包，我们便说明明是左手。争来争去忽然想起自己是在银幕后面看的，左右是颠倒的。常常是刚看过电影没几天，便又开始念叨着什么时候再看电影了。

印象最深刻的一部电影，是火遍全国的《少林寺》，之前我们也只是听说过这部片子，却从没有看过。当李连杰扮演的觉远真实地出现在我们眼前的银幕上，我们的心兴奋得快要跳出来。那几乎是我们第一次看武打片，之后村里的孩子们立刻兴起了练武的热潮，一招一式像模像样，在我们那一代人心里，刻下了最深的印痕。

那时是那样盼着看电影，却不曾认认真真地看过全部的片子，只是喜欢那种场合那种气氛，以及坐在银幕后面的感觉。现在想来，许许多多的电影已经记不清内容了，而在银幕后面看到的那些镜头，却在记忆中清晰如昨。如今的露天电影越来越少了，不知在遥远的故乡小村里，还有没有这样的电影，银幕上和银幕下的那些故事是否还是那样难忘。于是常在闲暇时，让心回到那个安详而火热的年代。

土墙下的童年

矮矮的土墙，围住了梦中的小院，围住了家的温馨，以至于离开故乡许多年以后，我的心仍然困囿其中。那个土墙围住的院子，蹒跚着我走过的童年，欢乐着我走过的少年，它记录着我的成长岁月，就像我一直记取着它带给我的快乐与温暖。

离乡后第一次重返故园，已是近十年过去，土墙依然，过往的岁月斑斑驳驳地剥落，化作群鸟在记忆里乱飞，撞痛心底最柔弱的部位。仿佛重叠着旧日的足迹，也重叠着当年天真的思绪，只是物是人非，这个院子里，再也没有了我的亲人。

在过去的岁月里，土墙上开满了牵牛花，时有蝴蝶飞来飞去，阳光整齐地站在墙上，在微风中一动不动。那是很普通的土墙，可墙下却是我童年的乐园。夏日的午后，小院里的人们都睡了，燕子也在檐下呢喃，大花狗躲在门后大口地喘气。我在墙下的阴凉处，仔细地看着这一切，于漫长中找寻自己的乐趣。

墙角有幽深的鼠洞，牵引着我好奇的心，于是用一片镜片，把阳光赶进洞里，它们听话地把洞里照得亮亮的，可是曲折太多，依然看不分明。或者是那些蚂蚁的洞穴，开在幽隐处。时光之后，当我的心也变得幽深曲折之时，一束意外的光亮使我的生命变得温暖起来。

墙上有时会长出一些类似于麦子的植物，那是当初和泥时掺进去的草籽，竟然也生根发芽了。墙根处有时还会长出一种像木耳的东西，我那时把它们叫作"草耳朵"。在墙角更多的是蚁穴，一些小黑蚁整日进进出出地忙碌。我会长时间地关注一只蚂蚁，看着它东奔西顾，有时，它竟会费尽力气爬到墙顶上去。我看着它爬过土墙，进到菜园里，却不知它能否再重返。就像多年后的我，找不到回家的路。

　　我喜欢骑在墙头上，嘴里吆喝着，想象着骑马的感觉。有一次从墙上下来时，踩到了家里一只觅食的小鸡崽，它转了两圈，便静静地倒在墙下。那以后我再也不骑到墙上去，那只小鸡也在记忆里挥之不去了。

　　南面菜园的围墙，也是土墙，上面插满了短栅，阻挡鸡的飞入。夏日的午后，短栅上只有蝴蝶蜻蜓来去，它们会短暂地停在栅尖上，又倏忽远去，就像不留痕迹的梦，易逝而无痕。就像多年后的回望，只余美好，细节却已消散。园里是红红绿绿的蔬果，有时豆角的藤蔓便会爬到墙上来，连同那些牵牛花、爬山虎一起纠缠，让土墙披上了盛装。

　　有一面土墙的墙身很光滑，因为家里的几头猪常去那里蹭痒，时间一长便如此了。有那么一个夏天的午后，邻家嫁姑娘，跟着跑了一上午，我累得躺在土墙下阴影里睡着了。梦中奇奇怪怪，全是成长的影子，以至于在我醒来时，有那么几分钟，竟觉得眼前的一切是陌生的，如回望前尘。第一次觉得自己的童年竟是如此的寂寞。

　　二十年后身在他乡，想起故园的土墙，忽然明白，当年夏日午后的那个梦，至今也没有醒。

温暖的柴火垛

　　一年四季矗立在村庄中的，便是那家家户户的柴火垛了。它们就沉默地站在那里，走过秋冬，走过盛夏，渐渐地消瘦下去，然后在西风吹拂中再度丰腴起来。

　　最早的时候，柴火垛都是垛在自家菜园的围墙外。秋收之后，田地里割倒的庄稼秆经过秋阳的照射，也慢慢地干爽起来，一地灿灿的金黄。运过了粮食还没有休息多长时日的马车牛车，此时再度忙碌起来，那些庄稼秆便被拉回了自家的院墙外，然后高高地码起。它们的旁边，是旧的柴火垛，已经极矮极瘦，仰望着一个新的轮回。

　　在我们黑龙江的黑土地上，那时种植得最多的就是玉米，又叫苞米，于是家家的柴火垛多是苞米秆垛。苞米秆粗壮，叶子长而阔，是极好的燃火之物，而且苞米脱粒后剩下的苞米穰子，还有割过秆后留下的苞米茬子，也会堆成垛，它们更耐燃，是冬季烧火炉的好东西。

　　冬天，夜里一场大雪，早晨的时候，家家的第一串足迹都是通往柴火垛的。妇女们抱着一捆柴火，踩着雪，回到灶房里开始引火。而此时的柴火垛已经披了一身银装，在零下三十度的严寒中，那些柴火依然在灶里在炉中旺旺地燃烧着，散发出无穷的热量。

　　其实我更喜欢夏天和秋天的柴火垛，那里是孩子的乐园。我们成群结伙地在柴火垛那儿爬上爬下，干而脆的叶子划得脸麻酥酥的，多年以后，依然能记起那种细微的感觉。有时候，就自己躺在柴火垛上面，身体大半埋进柴火里，静静地看着被叶子割划得支离破碎的天空，细风吹来，耳边便簌簌地响。特别是夏夜里，我也总是爬上高高的柴火垛，卧看着满天的星月，有时候路上有马车经过，便将身子更深地埋进柴火里。

那时玩儿的最多的是"藏猫猫"，也就是捉迷藏，而柴火垛却是极佳的藏身之所。只是久而久之，大家都知道了这个秘密，于是虽然还藏进柴火垛里，却是藏得更深。我们通常把下面的柴火掏出，渐渐地掏一个小而深的洞，躲入其中，将洞口用柴火封好。有一次，我躲在里面，伙伴们找寻不到，便纷纷散去，我躺在幽深之处，竟然睡着了。及至出来时，天已经黑了，家人正四处寻我。后来问起，好多孩子都曾经有过在柴火垛里睡着的经历。那样的时刻，现在想来，睡梦中也被染得金黄而温暖。

后来，柴火垛便被迁移到村外自家的田地边上。因为垛在村里，极容易引起火灾。我小时候看过多次柴火垛失火，烈焰升腾，很是让人恐惧。而堆放在自家地头，就好多了，秋天时不用运回，便能就地堆放，只是抱柴火时要远一些。不过对于我们小孩来说，也有新的乐趣，田边的柴火垛，由于在郊外，便有许多小动物入住其中。最多的是老鼠一类，还有些不知名的小东西。虽然在柴火垛里筑巢很舒服，却也常会遭到灭顶之灾。

我们小孩子的捕捉并不算什么，每年春天刚开始时，旧柴火垛已经烧得差不多了，就剩下底部与大地相连处的一些，已有些腐烂。此时，大人们便会将它点燃，虽然只是一个柴火垛的底儿，可是燃烧起来也很猛烈。周围尚未融的雪也化作了水，便能看见许多老鼠从里面仓皇窜出。待火熄灭，会在其中发现一些烧焦了的尸体，也不知是什么动物。

虽然时光流逝，可让我欣慰的是，虽然农村的变化天翻地覆，可是柴火垛依然在，有时乘车出行，路过一些农田，还可在田边地头看见它们。它们就厚重地站在那儿，与我心里、与我记忆中的柴火垛遥遥相望。只是，我再也不能回到童年，再也不能躺在柴火垛上面，或者躺在里面，去看那些旧时的蓝天星月，去做那些旧时的纯纯梦境。

燕子归来寻旧垒

从不具体知道它们哪一天回来，总是在某个不经意的瞬间，它们的翅上便载着暖暖的阳光在檐前飞舞，于是方知春天已来了好久。没有燕子的春天，总会觉得缺少了很重要的东西，很难让人想到温暖。

于是檐下那么多的巢便热闹起来，燕子们来来往往，将闲置了一冬的家重新布置。也有新来的燕子在檐下挑些空隙，开始建立新家。我曾追逐着它们的身影，一直到村西的小河边，它们就在那里将泥一口口衔来，筑成温暖的小屋。燕巢的形状各异，当排列在房檐下时，会有一种很奇异的美感。仿佛那每一粒泥里，都蕴进了河流长风，蕴进了阳光月色，蕴进了草气花香，便觉得那些巢是绽放在那里。

想起冬天的时候，那些巢就空置在那里，就像寂寂空庭一般，只有寒风流涌。不过，也有的巢不是空的，有一些麻雀会乘虚而入。麻雀从不垒巢，夏天时它们随处栖息，寒冷的时候，便钻进房子的一些缝隙里。进燕子窝里的，只是极少的。那个冬天，有一只麻雀安然地住进了一个燕子窝，俨然当成了自己的家。谁知它竟住出了瘾，春天的时候，也不飞离。

当两只燕子风尘仆仆地归来，却见家园被侵，便在巢口盘旋。那麻雀却高卧其中，根本没有出来的意思。我在檐下站着观望，想看燕子怎样夺回自己的家。两只燕子飞了几圈后，落在巢旁，有一只试图钻进去。不过，这个巢口细长，属一鸟当关万鸟莫开的地势，麻雀就伏在巢口过道里，见燕子进来便猛啄。试了几次，燕子都没能突破。

两只燕子叽喳了一小会儿，其中一只远远地飞走了，另一只仍守在巢口。这期间，麻雀似乎想出来，只是刚到巢口，就被那只燕子啄回去。此时，另一只燕子飞回来了，它的口里衔着泥，安放在巢口上，然后又飞走，再衔泥回来。我惊讶地看着这一幕，直到巢口被封死，两只燕子仍守在那里，等到泥变干变硬。那只麻雀，被活活地封闭在了巢里。两只燕子，则在檐下又寻到一处，开始重新筑巢。

有一年，在我家外屋的梁上，有两只燕子在那里筑了巢。筑在屋里的巢，与檐下的完全不一样，更像一个碗的形状。后来可以清晰地看见几只雏燕挤在一处，争抢着去啄母燕嘴里的虫子。听大人讲，在屋里筑巢的燕子与外面的不是一类，好像在外面的叫麻燕，在屋里的是家燕，麻燕肚皮是黄色，而家燕身上没有斑点。那两只燕子只在屋里住了一年，第二年便没了踪迹。

喜欢在夏日的午后，睡在土炕上，半睡半醒中听到檐下的燕子呢喃，远如隔世一般。或者暖暖的夜里，敞开着窗子，长风带着满园果蔬的气息奔涌而入。偶尔会听到摇动翅膀的声音，燕子倏去倏回，朦胧的身影灵动着沉沉的夜色。

儿时虽然拿着弹弓打鸟，可是我们从不去打燕子。并不是因为知道燕子是益鸟，也不是相信老人们告诫说打燕子会瞎眼睛，只是觉得它们和我们同住在一个屋檐下，就像一家人一样，甚至从没有想过去打它们。

也曾仔细地观察檐下的每一只燕子，想记住它们的样子，看明年的春天，还是不是那些如旧的身影。只是，它们都是那么的相似，每一年都似曾相识，却又辨不分明。于是想出一个办法，我和姐姐们捉了一只在巢里憩息的燕子，在它的腿上系了一根小小的红布条。这样，明年，如果再看到它，会是一种怎样的惊喜？

可是第二年，没有见到腿上系着红布条的那一只。我们却依然相信，燕子们是能回到自己的家的。因为，那只燕子的巢一直空着，它的伴侣没有回来，它们的孩子也没有。心里便有了难过，也许是我们的举动，让那只燕子，让那一家，没有再回来。

后来，在一本书里看到，燕子的羽毛上有一层极薄的膜，可以阻挡水汽浸入。所以它们在飞越大江大河时，才不会因为水气升腾而使羽翅变湿变沉。而人手心里的汗水，却能轻易地将这层薄薄的膜腐蚀掉。读及此处，且不论是不是科学道理，心里却疼痛得无以复加。也许，那只系着红布条的燕子，已经葬身于江河之中。我们亲手断送了它回家的心愿，两处家园皆不可望，客死途中，此恨何如。

有一次，一只刚刚学飞的幼燕跌落在院子里，我们没再敢用手直接去碰它，而是戴着厚手套将它捧起。它的一条腿断了，姐姐们去园子里摘了黄瓜，把黄瓜籽儿拿出来喂它。它在一个纸盒里生活了一天，便被我们送回檐下的巢里，它的父亲母亲已经急了许久。虽然我们也动了给幼燕腿上绑个布条的想法，却终是没有去做。

记不清过了多少时日，幼燕重又开始飞翔，我看它从巢口飞出，在空中轻巧地一个转折，不知捕到了什么小小的飞虫，然后向远天飞去，翅尖上挂着流淌的风。那许多日子，我都注意着这只小小的燕子，因为明年，便不会再看见它。幼燕长大后，会自己出去另觅住处，谁也不知道它们会离自己童年的家多远。檐下巢空，多是幼燕长大离开，而老燕子死去，巢便没了主人。

后来远离故土，常常想起老宅檐下的那些燕子。当看到宋词中有"燕子归来寻旧垒，风华尽处是离人"之句，不禁心下凄然。燕子尚知一岁一归，而我离乡二十多年，回故乡的次数却是寥寥。于是见燕而神飞，陆游在诗中说"家如梁上燕，岁岁旋作巢"，现在想来，当年在乡下那个草房中的朝风夕月,却是心底永远眷恋的巢。身如巢燕年年客啊,只是不知当我归去时,那檐下可还有旧时的身影,点亮我眼中的喜悦与流连。

日长篱落无人过

夏日闲长，登山远足，穿林过涧间，便不知暑热。翻了几个林木葱茏的岭，眼前有一大片平阔地。一个小小的村子静静地立在阳光下，如一个梦境恍然绽放。

我站在山脚，痴痴地望了一会儿，心中如起了雾一般，穿行着无数往事。慢慢地走向村庄，就如慢慢接近心中最亲切的那个角落，仿佛穿透二十多年的光阴，走回魂梦夜夜归来的故乡。

在村头，我停下脚步。这里的每个院子，都是篱笆墙围绕。那些篱笆上，还开着一些细碎的小花。正当午后，阳光栖息在每朵花上，篱笆里面，或是小园，或是院落，充满着淡而静的农家气息，就像长风流淌过遍野的庄稼，就像飘过故居檐下的思绪。

寂而无人，也许正在酣眠。在村西的第一家篱前，我缓缓坐下，向南望，晴空下岭树山云熠熠生辉。面前一条土路，曾经的泥泞，上面留下一些浅浅的蹄痕。可以想象，那些欢快走过的羊群，怎样将大地敲击成细密的鼓点，那些稳重的黄牛，又怎样于暮色中缓缓踏着晚照归来。

身后有喘息声，回头，透过篱笆的缝隙，见一条黄狗正向我窥视。心正惶惶，那狗竟然没有狂吠，只是倦了般，就地蜷卧，借着那一角阴凉。忽然有了感动，或许，那狗，也嗅到了我思乡的况味。以前的家里，也有一条黄花的狗，在这样悠长酷热的夏日午后，它也会慵懒地卧在篱下，似梦似醒。家里的那条狗活了十几年，至今仍时时奔跑在我的梦境里。

有风拂面，头顶花香泻落。此刻，我不像一个游子，更如一只归巢的倦鸟。远远的山那边，是我客居的城市，繁华着一片梦想与欲望。在这个酷似故乡的村庄，我独坐，无人知道我来过，也无人知道，我漫漫的思绪将其与另一个遥远的村庄相连。

日渐西移，村子里传来一片开门关门的声音，一时之间，鸡犬之声盈耳，一切，仿佛从一个梦中醒来，也惊醒了沉醉于回忆与感慨中的我。我知道我该回去，告别这一方宁静与祥和。站起身来，一对蝴蝶正悠悠飞过篱笆，那些小小的花儿，仍在细细地开放。

"在绿树白花的篱前／曾那样轻易地挥手道别"，这是席慕容在告别青涩的恋情，而在同样的背景之下，我当年却是告别了故乡，也告别了一段纯真无忧的时光。迎接自己的，都是不被预料的种种，那许多去处，都不知会有一种什么样的心境在等待着我。像今天这样的心情，只是可遇而不可求。

爬上山顶，回望，村庄掩映在绿树葱翠间，一如心底最美的梦境，或归宿。